STOP

BÊTES & GENS

FABLES & CONTES

HUMORISTIQUES

À LA PLUME ET AU CRAYON

Deuxième Édition

PARIS

E. PLON ET Cᵉ, IMPRIMEURS-ÉDITEURS

RUE GARANCIÈRE, 10

1877

BÊTES & GENS

Cet ouvrage a été déposé au ministère de l'intérieur (section de la librairie) en novembre 1879.

PARIS. — TYPOGRAPHIE DE E. PLON ET Cⁱᵉ, RUE GARANCIÈRE, 8.

IIIᵉ SÉRIE

1880

STOP

BÊTES & GENS

FABLES & CONTES

HUMORISTIQUES

A LA PLUME ET AU CRAYON

Deuxième Série.

PARIS

E. PLON et Cᵢₑ, IMPRIMEURS-ÉDITEURS

10, RUE GARANCIÈRE

M DCCC LXXX

PROLOGUE

SOUVENIRS DE VOYAGE

Après avoir fini *Bêtes et Gens*,
La Plume, abandonnant les horizons changeants,
    Avait repris l'accoutumance
    De son ordinaire indolence;
    Plus que jamais elle mourait d'ennui;

Son ancien et joyeux appui,

Le Crayon, confrère infidèle,

En ce moment n'était pas auprès d'elle;

Il butinait je ne sais où.

Mais voilà que, sans crier gare,

Un beau matin il survient comme un fou :

— « Allons, allons, levons-nous dare-dare! »

Lui criait-il; « le temps est beau,

« J'ai de l'argent; mettez votre chapeau,

« Prenez votre petit bagage,

« Et je vous emmène en voyage! »

Ils partirent d'un pied léger,

Emportant dans leurs sacs un peu de poésie

Avec la bonne humeur qu'il faut pour voyager,
Et parvinrent bientôt, par la route choisie,
    Au pays de la Fantaisie.

Ah! quel climat charmant, quel printemps éternel!
Partout des fleurs, partout la vie et la jeunesse!
Ici de l'ombre, là le soleil qui caresse
Les gazons veloutés sous l'azur d'un beau ciel.
    Dans ce Royaume incomparable
    Les ennuyeux sont inconnus,
    Et, pour peu que l'on soit aimable,
    On est parmi les bienvenus;
    Par mille choses séduisantes
    Les voyageurs sont captivés;
    Toutes les femmes sont charmantes,
    Les hommes sont bien élevés;
    On ne parle pas politique,
    Nulle dispute ne s'aigrit,
    On rit, on admet la critique,
    On est malin, jamais caustique;
    Les bêtes même ont de l'esprit.

La Plume était d'une joie enfantine,
Elle voulait tout voir et tout savoir;

Son ami crayonnait, du matin jusqu'au soir,
    Ce qui lui tombait sous la mine.
Cependant il fallut quitter ce doux pays;
    La Plume poussa les hauts cris
Au seul mot de : départ! Son compagnon d'absence
    Dut presque user de violence
    Pour la ramener au logis.

    De leurs souvenirs de voyage,
  Feuillets épars recueillis page à page,
Est formé le nouveau volume que voici;
Ils y sont attachés plus qu'on ne saurait dire;
    C'est leur enfant et leur plus cher souci;
Ainsi qu'à son aîné, réserve à celui-ci,
    Ami lecteur, un indulgent sourire.

1

LA GRENOUILLE ET LE BŒUF

La Fontaine a conté l'histoire
D'une Grenouille, égale au volume d'un œuf,
Qui voulut devenir aussi grosse qu'un Bœuf
　　Par sa force respiratoire.
　　Chacun sait ce qu'il arriva :

La chétive pécore
S'enfla si bien qu'elle creva.
Mais ce qui s'ensuivit, bien du monde l'ignore.

L'aventure avait un témoin,

L'on s'en souvient, une Rainette
De la défunte sœur cadette,
Qui d'enfler à son tour éprouva le besoin :
« Ma sœur », dit-elle, « était un peu toquée,
« Et sa cervelle détraquée
« L'aurait conduite à Charenton ;
« Elle allait, comme un hanneton,
« Se brûler à toute chandelle ;

« Moi, grâce aux Dieux, je ne suis pas comme elle !

 « Si je me voulais dilater,

 « A temps je saurais m'arrêter ;

« Essayons ! » Doucement la voilà qui travaille

 A s'arrondir ; le Bœuf, en souriant,

La regardait du haut de sa puissante taille :

« Tu te moques de moi », dit-elle en déployant

 Toute sa vigueur expansive ;

 « Attends un peu, mon gros père !... J'arrive ! »

 Le gros père, en effet, vit bientôt arriver

  Le moment physiologique

Où la Grenouille apoplectique
Comme sa sœur allait crever.
Il eut pitié de sa folie
(Le Bœuf est tendre, quelquefois),
Et, de son pied amortissant le poids,
Sur cette outre de vent remplie
Il le posa tout doucement;
L'ambitieux animalcule
Se désemplit soudainement
Avec un bruit très-ridicule.

Il est bien des sots vaniteux
Gonflés comme la péronnelle
Et qui se videraient comme elle
Si l'on mettait le pied sur eux.

II

LE POINT D'HONNEUR

Il faisait un temps admirable;
Le soleil du matin dorait
Les sentiers courant sur le sable
Et les chênes de la forêt;
L'herbe fraîche exhalait le parfum ineffable

Des fleurs de mai s'ouvrant aux premiers feux du jour ;
Les oiseaux entonnaient leur poëme d'amour,
Et le ciel bleu faisait rayonner sur la terre
Un éblouissement de vie et de lumière.

Deux Messieurs, flanqués d'un docteur
Et de quatre témoins, allaient sur la fougère
Pour je ne sais quelle offense légère
Se couper la gorge en douceur.
Un des témoins de l'agresseur
Essaya d'arranger l'affaire :

« Voyons », dit-il, « hier vous étiez bons amis ;
« Vous ne pouvez pas être aujourd'hui, ce me semble,

« De bien terribles ennemis!
« Donnez-vous donc la main loyalement, et puis
« Nous irons déjeuner ensemble. »
Cet avis semblait prévaloir,
Lorsqu'un Monsieur, ni blond, ni noir,
Ni beau, ni laid, ni grand, ni petit, et d'un âge
Difficile à déterminer,

Déclara nettement qu'en matière d'outrage
La chose ne pouvait ainsi se terminer ;
Qu'il ne s'agissait pas de paroles confuses,
Et que l'honneur de son client
Exigeait, sans nul faux-fuyant,
Du sang ou des excuses.

Il fallut dégainer, et ce fut l'offensé
Qui, naturellement, par l'autre fut blessé;
Qui dit bon droit ne dit pas toujours bonne chance!
Par les conditions admises à l'avance
Le premier sang devait mettre fin au combat;
     Mais le Monsieur, ranimant le débat,
S'étonna qu'on voulût, pour une égratignure,
Des droits de l'offensé neutraliser l'effet;
A son avis l'honneur n'était pas satisfait;
     Bref, si l'on eût suivi sa procédure,
     Son ayant cause eût probablement eu
L'estomac traversé par l'instrument pointu.
     Tout en pansant la blessure légère,
         Le docteur demanda le nom
         De ce particulier sévère
         Qui si haut élevait le ton :
« C'est », répondit quelqu'un, « Monsieur Quendiraton. »

III

LE TIGRE ET LES SINGES

Un Tigre de royale espèce
Se trouvait en délicatesse
Avec une tribu de Singes qui campait
Près du logis de Son Altesse.
Le dissentiment provenait,

Suivant la chronique locale,
De ce que rencontrant, à la chute du jour,
Une Guenon sentimentale
Qui chantait un duo d'amour
Avec un beau Cynocéphale,

Il les avait croqués au nom de la morale.
Une Chauve-souris, qui circulait par là,
Avait été témoin du crime;
Le lendemain elle parla,
Et désormais l'horreur fut unanime
Pour ce nouveau Caligula.

Au seul aspect de son royal pelage
Le vide se faisait dans tout le voisinage;
   On fuyait au son de sa voix;
Sur les hauts cocotiers les Singes en colère,
Sautant d'un arbre à l'autre avec des cris de guerre,
   Le poursuivaient jusques au fond des bois.

D'aucuns lui lançaient à la tête
Des graines de muscade ou des noix de cocos;
Souvent des fruits gâtés s'écrasaient sur son dos;

Vous pensez la fureur de la puissante bête.
Impossible de se venger!
Au sommet des branches flexibles
Ses ennemis savaient se ménager
Des retraites inaccessibles
Et de là-haut l'insultaient sans danger.
Ivre alors de rage impuissante
Le Tigre rentra sous sa tente;
Sombre et tapi dans un trou de rocher
Dont personne n'osait, on le pense, approcher,
Il ne se montra plus; la bande curieuse
En grappes suspendue aux arbres d'alentour
Le guettait, lorsqu'enfin il sortit un beau jour
De sa retraite ténébreuse :

Dans quel état, grands Dieux! Chancelant, l'œil hagard,
La tête basse et la langue pendante,
Il semblait aller au hasard

Comme une bête agonisante;

Il se traînait plutôt qu'il ne marchait.

Bientôt, sortant de la forêt,

Il se dirigea vers la plaine,

Suivi de loin par les clameurs

Des Singes triomphants, et près d'une fontaine

Il vint tomber, en proie à d'atroces douleurs;

Évidemment sa fin était prochaine.

Il essaya par un dernier effort

De se lever, tourna, dans un spasme suprême,

Trois ou quatre fois sur lui-même,

Et tomba roide : il était mort.

De loin toute la Colonie,

Qui, pour le suivre, avait quitté le bois,

3

Assistait à cette agonie,
Terrifiée et joyeuse à la fois.
L'ennemi mort, ce fut une allégresse folle,
Des gambades, des cris, un bruit assourdissant;
On vint faire la cabriole
Devant le monstre à jamais impuissant.
Le Tigre, en ce moment, par un élan terrible,
Sur les Magots pétrifiés d'effroi
Bondit; il n'était pas plus mort que vous et moi;
Il en fit un carnage horrible.

Quand nous voyons, dans les moments scabreux,
Certains hommes d'État tomber soudain malades,
Prenons garde, mes camarades,
C'est le moment de nous méfier d'eux.

IV

LE PARNASSIEN ET LE BATRACIEN

Loin de la vile multitude
Un Poëte rêvait dans une solitude ;
Il cherchait une rime à : *poivre*, lorsqu'il vit
Un Crapaud qui poussait l'audace
Jusqu'à le regarder en face.

Le Poëte indigné lui dit :

« Que fais-tu là, rebut de la nature?

« Qui t'a permis, immonde créature,

« De me considérer de tes gros vilains yeux?

« Tu rampes dans la fange, et je vis dans les cieux;

« Tu baves, et des fleurs s'échappent de ma lyre;

« J'ai la taille d'un Dieu, toi le corps d'un pataud;

  « On t'écrase, et moi l'on m'admire;

  « Je suis Poëte et toi Crapaud! »

 — « C'est vrai, je suis un être bien infime »,

 Répondit le pauvre animal;

  « Mais petitesse n'est pas crime,

« Et bien injustement vous me voulez du mal.

 « Dieu, qui créa les bêtes et les hommes,

  « Peut-être ne nous voit-il pas

 « Aussi distants qu'à vos yeux nous le sommes;

  « Il est si haut et nous si bas!

« Tout s'enchaîne et se tient dans l'échelle animale;

« Vous êtes, il est vrai, sur l'échelon d'en haut;

« Mais un trait d'union entre nous s'intercale,

 « Et nous tournons sur le même pivot :

« Vous avez pour les vers, Monsieur et cher confrère,

  « Un goût que, dans mon humble sphère,

  « Je suis heureux de partager;

« Sur un seul point ce goût diffère :

« Vous, vous les aimez pour les faire,

« Et moi, Monsieur, pour les manger. »

Auquel donner la préférence?

Le Crapaud est utile, incontestablement;

Le Poëte est plein d'agrément...

Entre les deux mon cœur balance.

V

LE DINDON, LE HÉRON ET LE RENARD

Un Dindon rogue et vaniteux
Dans une cour régnait en maître;
Sitôt qu'on le voyait paraître,
Tous les Poulets obséquieux
Le saluaient à qui mieux mieux;

Les Canards lui rendaient hommage,
Et les Poules, sur son passage,
Caquetaient, coquettaient, lui faisaient les yeux doux,
Ce dont leur Coq était très-fort jaloux;
Mais, comme le vieux militaire,
Il devait *souffrir et se taire*
Sans murmurer, car il était brutal,
Monseigneur de la Dindonnière,
Quand il se mettait en colère,
Et la colère était son défaut principal.
Tout passe, tout casse, tout lasse.

Ceci veut dire qu'un beau jour
On lâcha dans la basse-cour
Un grand Héron pris à la chasse.

Sous un hangar l'oiseau d'abord resta blotti
    Dans une farouche attitude;
  Mais bientôt, las de cette solitude,
    Il prit bravement son parti,
Et le voilà faisant son début dans le monde.
Les Hérons, on le sait, ont une horreur profonde
    Du despotisme et de l'iniquité;
    En peu de temps, par son autorité,
    Il eut remis chaque chose à sa place,
    Et, furieux, maître Dindon put voir

De ses pattes soudain s'échapper le pouvoir.
    Se résigner n'est pas d'une âme basse;
  Aussi n'eut-il qu'un but : se venger! — Le hasard

Sous la figure d'un Renard
Favorisa cette haine vivace.
Mons Alopex, depuis longtemps,
Aux alentours rôdait dans la prairie,
Guettant quelque imprudence ou quelque étourderie
Pour croquer quelques habitants
De la métairie;

Comme il examinait un soir en soupirant,
A travers la porte entr'ouverte,
Poulets et Canards, picorant,
Gras et dodus, sur l'herbe verte,

4

Le Dindon s'approcha : « Écoute, mon garçon!

« Si le cœur te disait de souper sans façon

« De ce joli Héron qui trône là derrière.....

— « Eh bien? » dit le Renard. — « Eh bien, voici l'affaire :

     « Ce guichet que tu vois en bas

     « S'ouvre en tirant une ficelle;

« Quand ils dormiront tous, en secret tu viendras;

     « Je lèverai la manivelle...

« Pourras-tu bien passer? Oui, car tu n'es pas gras!

« Ça te va-t-il? — Parbleu », dit l'autre, « avec ivresse! »

     En effet, selon sa promesse,

Et quand il fut tout à fait nuit,

Le Dindon fit entrer sans bruit
L'ennemi dans la forteresse :
« Vois-tu », dit-il, « le Héron est là-bas
« Sur ce pommier! » — « Mon Dieu, je rougis de le dire »,
Répondit poliment le Sire,
« Mais le Héron est dur, et je ne l'aime pas;
« Mais ce que j'adore, au contraire,
« C'est le Dindon! » Ce disant, le bandit
Sur le volatile interdit
Se jette brusquement, l'étrangle et vent arrière
L'emporte à travers champs jusqu'à son magasin
Bien caché dans un bois voisin
Pour éviter l'impôt des portes et fenêtres.

Ainsi le Ciel punit les traîtres.

VI

LE ZÈBRE

Il était une fois une petite Anesse
    Dont à sa fille un Prince fit cadeau;
    La bonne bête, heureuse du fardeau,
Promenait doucement sa gentille maîtresse.
Bien souvent celle-ci, gâtée horriblement

(On ne peut être impunément
Fille unique et Princesse), usait outre mesure
De la bonté de sa monture,
Mais sans pouvoir troubler le caractère égal
De l'honnête et doux animal.
Un certain jour sa fantaisie
Poussa l'enfant vers la ménagerie
Qui faisait l'ornement du jardin grand-ducal;
En passant dans le labyrinthe,
Elle aperçut un Zèbre arrivé récemment :

— « Ah! » dit-elle, « qu'il est charmant!
« Il me le faut! qu'on m'ouvre cette enceinte!

Sa gouvernante essaya vainement
De l'arrêter; les gardiens, à distance
Tenus par le respect et par l'obéissance,
Levaient les bras au ciel; mais l'Altesse tint bon.
On dessella l'Anesse, et l'animal sauvage
Fut amené céans avec selle et bridon,
Se débattant comme un lion

Au milieu de son entourage;
Deux hommes le tenaient sans en venir à bout.
Il suffit de cet avant-goût
Pour faire réfléchir la petite Princesse

Qui remonta sur son Anesse,

Dégoûtée à jamais du Zèbre voltigeur.

Celui-ci, triomphant dans son indépendance,

    Cria d'un ton plein d'arrogance :

« Voyons, vieille bourrique ! ayons un peu de cœur !

  « Imite-nous, et fais voir à tes maîtres

    « Que tu n'as pas mis de côté

    « Toute espèce de dignité !

« Quoi ! tu ne rougis pas d'aller traîner tes guêtres

« A la porte des Grands et de courber le dos

    « Sous la honte de leurs fardeaux !

    « Allons, jette à bas ta Princesse. »

    — « Oh ! mais non », répondit l'Anesse ;

« Je vis avec bonheur sous son autorité

  « Sans me sentir atteinte en ma fierté.

« Se dévouer, crois-moi, n'est pas sans avantages,

« Et, pour qui sait aimer, il est des esclavages

    « Aussi doux que la liberté. »

VII

LE HÉROS ET LE PHARMACOPOLE

C'était, je crois, en l'an quarante :
Minos, Éaque et Rhadamante
Siégeaient tous trois au tribunal
Infernal.
Par un caprice de la Parque

Qui coupe chaque jour les fils du genre humain,
  Caron avait pris dans sa barque
   D'abord un Général romain
  Encor couvert des lauriers de la guerre,
   Puis un petit Apothicaire.
    Tous deux égaux devant la mort,
Ils parurent ensemble au terrible prétoire;
Le président Minos interrogea d'abord
   Le favori de la victoire :

  — « Qu'as-tu fait pour l'humanité? »
  — « Mon Président, j'ai remporté
 « Sur l'ennemi de brillants avantages;

« J'ai ravagé ses champs, j'ai brûlé ses villages,

« J'ai rempli de terreur le pays dévasté;

« J'ai fauché ses légions et moissonné ses braves;

« Ses femmes, ses enfants sont devenus esclaves;

« Le pillage a livré sa richesse en mes mains;

« Voilà ce que j'ai fait, Seigneur, pour les Romains. »

    — « Tout ça ne fait rien à l'affaire »,

  Lui dit Minos avec sévérité :

    « Allons, réponds! Qu'as-tu fait sur la terre

     « Pour le bien de l'humanité? »

  Le Général resta bouche béante.

    « C'est bon », reprit le Président,

« La cause est entendue. » Il prit rapidement

L'avis du tribunal, et, séance tenante,

    Rendit, au nom de Jupiter,

  Un jugement qui, contre son attente,

Envoya le Héros au fin fond de l'Enfer.

  C'était le tour du pauvre Apothicaire :

— « Mon Président », dit-il, « depuis que je suis né,

« Je n'ai pas fait grand bruit dans ma très-humble sphère;

    « Consciencieux observateur

    « Des devoirs de mon ministère,

    « J'ai préparé, sans commentaire,

    « Emplâtre, julep ou clystère

« Sur l'ordonnance du docteur. »

—« Voilà tout ? » dit Minos. —« Tout !... Ah ! si ! J'eus la chance,

« Par hasard plus que par science,

« De trouver un remède efficace et nouveau

« Contre le rhume de cerveau. »

— « Par le Styx ! que n'as-tu dit cela tout de suite ? »

Dit le Grand Juge avec bonté ;

« Le tribunal te félicite

« Et te déclare à l'unanimité

« Bienfaiteur de l'humanité.

« Va, brave homme, aux Champs-Élysées ;

« Ceux par qui des mortels souffrants

« Les misères sont apaisées

« Sont plus utiles et plus grands,

« Devant les Dieux, que tous les conquérants. »

VIII

LA FOURMILIÈRE

Des Fourmis, au milieu d'un bois,
Avaient construit leur fourmilière,
D'après le système ordinaire;
Mais il pleuvait depuis un mois,
Et cet incessant arrosage,

Pénétrant la frêle cité
D'en haut, d'en bas et de côté,
En avait fait un marécage.
C'était une calamité;
Ce fut bientôt intolérable.
D'habitants un parti notable

Alla trouver le Général
Président de la République,
Réclamant à grands cris un effort énergique
Pour couper les progrès du mal.
Le pauvre Président ne savait trop que dire;
Il tâcha de leur démontrer
Que le soleil venant bientôt à se montrer,
Son action saurait suffire;
Seulement il fallait patienter un peu.
Mais les esprits étaient en feu;

On voulait qu'il fît quelque chose!
Le peuple s'amassa; bref, provisoirement,
On déposa le Président;
Dans ce métier tout n'est pas rose!
Un tribun harangua le peuple d'un balcon :

« Citoyens », leur dit-il, « une absurde routine
« Depuis assez longtemps à nous mener s'obstine!
« Soyons libres enfin et sortons du cocon!
« Fourmis, passons le Rubicon!
« Pourquoi la pluie a-t-elle envahi notre empire?
« Vous l'ignorez? Eh bien, moi, je vais vous le dire :
« C'est que, sottement enchaînés
« A des usages surannés,
« Nous construisons nos villes sur la terre
« Au lieu de les creuser dessous;
« Sous terre! Me comprenez-vous?

« Alors le vent, l'averse, la poussière

    « Et les animaux malfaisants

    « Depuis l'homme jusqu'aux faisans,

    « Qui, sans trêve, nous font la guerre,

« Tout cela désormais ne nous gênerait guère.

« Du jour au lendemain notre sort peut changer,

 « Et dans nos souterrains nous bravons tout danger ! »

Son succès fut plus grand qu'on ne saurait le dire ;

    L'enthousiasme qui s'ensuivit

    Arriva jusques au délire.

    Dès le lendemain on se mit

    A creuser la ville nouvelle ;

La pluie avait cessé, la saison était belle ;

    Les travaux allèrent au mieux,

    Et tout le monde, au bout de six semaines,

    Put s'installer dans ses nouveaux domaines,

    Petits et grands, jeunes et vieux ;

Jamais on n'avait vu d'habitants plus heureux.

Un jour le ciel se couvrit de nuages ;
Mes insectes, enfin à l'abri des orages,

S'ébaudissaient, dans leurs trous protecteurs,
Riant d'une façon tout à fait charitable
      De la douche considérable
       Que les autres Fourmis, leurs sœurs,
       Allaient recevoir sur le rable.
En ce moment le tonnerre gronda
Dans l'espace obscurci de nuages compactes ;
       Le ciel ouvrit ses cataractes
       Sur la terre qu'il inonda ;
       La citadelle souterraine,
      Par chaque issue envahie à la fois,
De l'eau torrentielle en un instant fut pleine ;
Surprise dans le fond de ses réduits étroits,
       Des Fourmis la peuplade entière
       Périt jusques à la dernière.

Certains rêveurs voudraient retourner comme un gant

     Notre société moderne;

     Plus leur rêve est extravagant,

Plus la foule ignorante à leurs pieds se prosterne.

L'édifice bâti par nos sages aïeux

Ne doit être touché que d'une main légère;

Nous pouvons embellir sa façade sévère,

     Le réparer, car il est un peu vieux;

Mais si nous le voulons ébranler dans sa base,

Craignons qu'il ne s'écroule et qu'il ne nous écrase.

IX

LE CHIEN ROSE

Un teinturier facétieux
Teignit un jour son chien en rose;
Ce dernier, enchanté de sa métamorphose,
Se pavanait, fier d'attirer les yeux.
Le nez au vent et la queue en trompette,

Mon Toutou partit du pied droit,
Et se rendit chez certaine Levrette
Qu'il connaissait en un certain endroit;
Il avait aspiré, récemment, à sa patte;
Mais, malgré ses tendres ardeurs,
Il n'avait eu de cette ingrate
Que des froideurs :
— « Cette fois », se dit-il, « elle sera vaincue! »
Mais elle fut prise à sa vue

D'un fou rire si fort, qu'il partit indigné
Comme fait d'ordinaire un amant dédaigné.
Il rencontra des camarades,
Un Épagneul et deux Barbets
Qui, lui criant le mot connu des mascarades,
Firent sur lui pleuvoir cent quolibets.
Il se fâcha; l'on en vint aux gourmades,

Et mon élégant damoiseau
Fut bel et bien roulé dans le ruisseau;

Pensez dans quel état en sortit sa parure!
Des polissons, témoins de sa mésaventure,
Heureux, comme toujours, de faire un peu de mal,
Poursuivirent jusqu'aux frontières

De son logis, à coups de pierres,
Le malencontreux animal.

C'est ainsi qu'il perdit le goût de la peinture;
 Et quand le temps eut blanchi sa fourrure,
De peur de s'y voir pris encore, à l'avenir,
Il quitta la maison pour n'y plus revenir.

 En général, le monde est fort sévère
Pour qui veut s'éloigner de la route ordinaire;
 Si tu veux être en tous lieux bien reçu,
Des usages admis respecte les formules;
 Si tout le monde était bossu,
 Les gens droits seraient ridicules.

X

LES DEUX ÉCUREUILS

Certain vénérable Écureuil
Avait, avant de tourner l'œil,
D'un assez honnête héritage
A ses deux fils fait le partage;
Puis, désormais tranquille sur leur sort,

Paisiblement et sans effort
Le vieillard avait rendu l'âme.
Ses enfants, suivant son programme,
Allèrent s'installer, l'un au Sud, l'autre au Nord.
Dans le tronc d'un vieux chêne, avec sa ménagère
L'aîné planta sa crémaillère.

Il vécut là sans ostentation,
Loin de la politique et des bruits de la vie,
N'ayant pas d'autre ambition
Que d'augmenter son bien par son économie.
Près d'un étang fort animé
Son frère, encor garçon, s'établit dans un saule.

Son logement n'était jamais fermé;
Il y recevait, sans contrôle,
Quiconque avait la riposte un peu drôle
Et l'estomac bien conformé.
Tous les rats d'eau du voisinage,
Gens sans mœurs, arrivaient sans bruit
Vers le soir; on passait la nuit

A croquer l'honnête héritage;
On voyait même, si j'en crois
Des personnes bien informées,
Se glisser par là, quelquefois,

Des grenouilles fort mal famées.
Bref, tout fut avalé dans moins de quatre mois.

Un beau matin, au logis de son frère,
Mon Écureuil s'en vint pleurer misère :

— « Écoute », lui dit celui-ci :
« J'ai des enfants ; je ne puis rien distraire
    « De leur fortune héréditaire ;
    « Mais tu seras toujours ici
« Le bienvenu ; tu vois, je suis bon diable,
« Et ton couvert sera toujours mis à ma table. »
    L'autre eût préféré quelque argent ;
Mais il ne pouvait pas se montrer exigeant ;
Il accepta, n'ayant pour cette bienfaisance
    Qu'une demi-reconnaissance.
Point, d'ailleurs, n'en usa longtemps ; dès le début,
    Cette vie honnête et paisible
    Lui parut incompréhensible ;
    Il vint trois jours, puis disparut

7

Pour aller, au milieu des gens de bas étage,
Se replonger dans le vagabondage.
Mais déjà l'hiver approchait;
Plus rien en son logis! Que faire?
Il n'osa pas retourner chez son frère,
Pensant avec raison qu'on le sermonnerait.
Or la faim le pressait : dans une métairie,
Profitant d'une sombre nuit,
Le coquin pénétra sans bruit;
Dans le grenier avec effronterie
Il s'installa, grignotant à loisir
Noix, pommes et raisins; il n'avait qu'à choisir.
Ce fut le grenier de Capoue;
Il s'y perdit comme Annibal.

Pris en flagrant délit, le coupable animal
Fut enfermé dans une roue,
Terrible châtiment, qui fera réfléchir
Les Écureuils des lois tentés de s'affranchir.

Si le rêve philosophique
De répartir la fortune publique
En donnant part égale à chaque citoyen
Entrait jamais dans la pratique,
En trois mois, la moitié des gens n'auraient plus rien;
Les autres auraient tout; aux mains des plus habiles
S'amasserait en peu d'instants
Le pécule des fainéants,
Des mangeurs et des imbéciles;
Il faudrait donc repartager
Et tous les jours combler les différences;
Je ne voudrais pas me charger
D'être, en ce moment-là, ministre des finances!

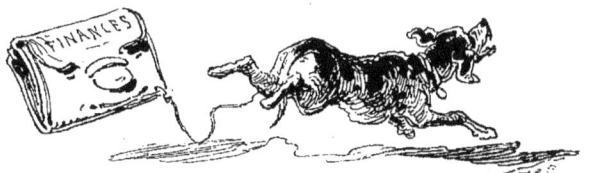

XI

LE HÉRISSON PUNI

Connaissez-vous la meilleure manière
De punir un boudeur? C'est de le laisser faire;
En le sollicitant vous faites son bonheur;
Mais si vous paraissez ne pas voir sa froideur,
Vous le verrez, sot comme Nicodème,
Bientôt revenir de lui-même.

Le petit chien havanais
De madame la comtesse
Sous les ombrages épais
Un matin prenait le frais
Avec sa belle maîtresse.
Au bord de l'étang, sur un banc,
La comtesse rêvait, nonchalamment assise,
Tandis que tout frisé, tout mignon et tout blanc,
Lolo dans le gazon s'ébattait à sa guise.
Il s'arrêta soudain pour tomber en arrêt
Devant un animal d'allure singulière :

C'était un Hérisson, hôte de la forêt,
Qui faisait au château l'école buissonnière.
Le toutou, charmé tout d'abord
De cette figure drôlette,
S'approcha la queue en trompette
Et le flaira du sud au nord :

Ainsi, chacun le sait, les chiens font connaissance.
     Puis il voulut, avec des sauts joyeux,
Appeler l'étranger à partager ses jeux;
     Mais l'autre, plein de défiance,
Se mit en boule, offrant au caniche confus
     Un peloton de petits dards pointus.
Celui-ci réfléchit longtemps sur l'aventure,
     Ne sachant trop quelle chose en conclure;
     Puis enfin sòn parti fut pris :
« Tu boudes, pensa-t-il, lorsque je me dérate
« Pour te plaire! Bonjour! » Sur ce, levant la patte,
     Il le couvrit de son mépris [1].

[1] Toussenel, *l'Esprit des Bêtes,* p. 258.

XII

L'ANGLAISE ET LE PETIT JEUNE HOMME

Un de ces jouvenceaux qu'en langue familière
On appelle *gandins, gommeux, petits crevés,*
S'ennuyait à périr, comme font d'ordinaire
    Les jeunes gens bien élevés.
    Aidé par d'aimables complices,

Il avait, dès longtemps, épuisé les délices
Des cafés *Anglais* et *Bignon*,
Et tenait en dédain du haut de son lorgnon
Les truffes et les écrevisses;
Le foyer de la danse au nouvel Opéra,

Le Cirque, avec ses écuyères,
Les Bouffes, le *Skating*, Mabille, et cætera,
Pour lui n'avaient plus de mystères;
Bref, tout se résumait pour lui
En quatre mots qui peignaient son ennui,
Quatre mots fort vilains; c'étaient : *Tout ça m'embête!*
Excuse-moi, lecteur honnête.

L'été succédait au printemps.

Ses parents, assez mécontents

De voir leur héritier mener pareille vie,

Adroitement lui soufflèrent l'envie

De faire un petit tour sur les bords de la mer.

Il partit comme un homme à qui le sort amer

Impose le devoir d'un fatigant voyage;

Il s'en alla de rivage en rivage,

Bâillant devant l'immensité,

Déclarant que c'était toujours la même chose,

Que le varech ne sentait pas la rose,

Et qu'on gelait en plein été.

Un jour que sur une falaise
Il traînait son désœuvrement,
Au passage il reçut le regard nonchalant
D'une blonde et charmante Anglaise.

Il dormit mal et se leva matin,
Chose pour lui fort extraordinaire,
Et quand en costume de bain
Il revit la belle insulaire,

Il était, lui blasé, lui froid, lui dédaigneux,
Lui s'ennuyant de tout, il était..... amoureux!

Ainsi qu'à l'Opéra, dans la scène dernière
De *Faust,* on voit les murs de la sombre prison
Disparaître et soudain, dans un large horizon,
      Éclater l'or, l'azur et la lumière,
         Ainsi tout brusquement le jour
Se fit chez le héros de ma petite histoire;
La mer, ses horizons gris ou verts tour à tour,
Ses vagues des rochers léchant la croupe noire,

Ses poissons argentés, ses barques de pêcheurs,
Ses couchers de soleil et ses pâles vapeurs,
Comme un monde nouveau sortant de la coulisse,
Inondèrent ses yeux de subites splendeurs,
Et son cœur éclata comme un feu d'artifice.
    L'artificier se nommait Cupidon.

    Bref, notre nouveau Céladon,
      Trop pressé pour pouvoir attendre,
      Fut présenté le même soir;
    Adroitement il sut se faire entendre;
      On se promit de se revoir.
    Le lendemain, suivant la mode anglaise,
On put, sur le galet, se parler tout à l'aise,
      Et je crois qu'on parla d'amour;
Les parents appelés vinrent en Normandie;
On se vit, on se plut; pour la noce on prit jour,

Et tout finit comme à la Comédie.

Messieurs, nous sommes des pantins
Dont l'Amour tient les fils dans ses petites mains,
Et qu'il transforme au gré de ses secrets mobiles;
Il fait marcher droit les boiteux,
Redresse les bossus, ranime les débiles;
Aux sourds il donne l'ouie, aux aveugles des yeux,
Et de l'esprit aux imbéciles.

XIII

LE SOLEIL ET LE POLITICIEN

La politique, de nos jours,
Est un art tout plein de détours;
Nul ne se pique de franchise,
Et nous voyons des gens sans passion

Qui changent de conviction
Aussi facilement qu'on change de chemise.

Se promenant dans son jardin
Un matin,
Un personnage politique,
Éclectique
Et sans nul préjugé mesquin,
S'arrêta devant cette plante
Éclatante
Que les gens ignorants appellent : un Soleil,
Et les savants : un Hélianthe.

Il admira son éclat sans pareil :
« Je ne sais pas pourquoi », dit-il, « on te méprise ;

« Je te trouve fort à ma guise;

« Ta couleur est celle de l'or,

« Et c'est celle que je préfère;

« En toi ce qui me plaît encor,

« C'est ton amour pour la lumière.

« Aussitôt que sur l'horizon

« Paraît l'astre qui nous éclaire,

« Tu te tournes vers lui, comme pourrait le faire

« Un être doué de raison.

« C'est de la bonne politique,

« Et, comme toi, je la pratique. »

Or, la veille, tout justement,

Ces bons Messieurs du Parlement

Avaient jeté les Ministres par terre;

Chez nous ce n'est pas une affaire;

N'étaient-ils pas, d'ailleurs, usés cent fois?

Ils duraient bien depuis trois mois!

Le Ministère est mort, vive le Ministère!

Mon homme mit son habit noir

Et sa figure du dimanche

Pour aller montrer patte blanche

Aux nouveaux élus du pouvoir.

Par hasard, en fumant son cigare, le soir,

Il retrouva, vers le couchant tournée,

L'étoile d'or que, le matin,
Il avait vue au levant inclinée :
« Toi, je t'aurais cru plus malin »,
Dit-il au Tournesol sur sa tige immobile;
« Quoi! saluer un astre à son déclin!
« Allons, décidément, tu n'es qu'un imbécile! »

XIV

LE OUISTITI

L'abus du boire et du manger,
Dit un proverbe populaire,
A fait mourir plus de gens que la guerre ;
Aux bons Épicuriens signalons le danger.

Dans sa demeure certain Prince
Avait un Ouistiti charmant
Et dont le seul défaut était d'être gourmand
Comme un notaire de province;
Son petit ventre était son unique souci;
Pour un morceau de sucre ou pour des confitures
Il aurait fait des bassesses impures.
Or il advint la chose que voici :
On préparait, dans les cuisines,
Un grand repas pour faire honneur

A certain haut Ambassadeur
D'une des puissances voisines.
Après les pourparlers, les truffes ont leur tour
Dans le monde diplomatique,
Et l'on fait de la politique
Avec un peu de farce autour.

Au fond de la salle, où la table
S'allongeait magnifiquement,
On avait circulairement
Disposé le dessert dans un ordre admirable;
Une glace avec art disposée en retable
Le reflétait harmonieusement.
Cependant, au milieu de ce remue-ménage
De mitrons affairés et de laquais actifs,
Tous empressés à ces préparatifs,
Mon Ouistiti s'était échappé de sa cage.
Profitant d'un moment où tout était désert
(Les valets prenaient leur pitance),
Il se plongea dans le dessert
Comme un mouton dans un pré vert,
Et se mit à faire bombance.
Mais qu'aperçut-il tout à coup?

Un autre singe, avec lui face à face,
Vilainement lui faisant la grimace

Et s'approchant à pas de loup.
Ma bête, on l'a compris, se voyait dans la glace :
« Ouais ! » se dit-il ; « je vois un intrigant
« Qui vient chasser sur mon domaine !
« Mais plus vite que lui je jouerai de la dent
« Et je garnirai ma bedaine ! »
Alors, sans trêve ni merci,
La bestiole emplit son œsophage ;
Tout y passa : confitures par-ci,
Bonbons par-là, pain d'épice, fromage ;
Gâteaux, disparaissez ! Encore ce croquet !
« Tu n'auras pas, gredin, ce que j'emporte ! »
Il se bourra de telle sorte
Qu'il en creva comme un mousquet.

XV

LA TRUITE AVENTUREUSE

Un Brochet jeune et vigoureux
Depuis fort peu de temps était l'époux heureux
D'une Truite charmante à la chair saumonée;
Très-épris, comme on l'est à la première année,
Il se conformait de son mieux

A ses désirs capricieux ;

Mais, comme il n'était pas exempt de jalousie,

Il surveillait du coin des yeux

Les écarts de sa fantaisie.

La Dame n'était pas mauvaise, au demeurant ;

Mais elle était évaporée

Et de godelureaux toujours fort entourée ;

Élevée, en un mot, comme le sont souvent,

En ces temps-ci, les jeunes filles

Des plus honorables familles.

Le Brochet, en mari prudent,
Prit le parti de la soustraire
A ce milieu plein de danger;
Il parla d'aller voyager,
Et volontiers elle se laissa faire;
Tout changement pour elle était le bienvenu.
Aussitôt le beau temps venu,
On partit. Et d'abord ils voulurent connaître
Les beaux endroits du lac qui les avait vus naître.
Combien de voyageurs ignorent les beautés
Que leur propre pays étale à leurs côtés!
Ils virent les rochers et les grottes profondes

Où les Écrevisses immondes
Se repaissent d'affreux débris;

Les forêts de roseaux, silencieux abris
     Qu'habitent, dans leurs nids rustiques,
     Des tribus d'oiseaux aquatiques;
     Les bancs de sable où le pêcheur
     Tend aux innocentes fritures
     Son appât exterminateur,
Et les bas-fonds boueux où, viles créatures,
     Grouillent les Anguilles impures
Que poursuit dans leurs trous le nocturne rôdeur.

Partout la jeune Truite était fort remarquée;
Rien n'égalait sa grâce et sa vivacité,
Et, sur le doux satin de son dos argenté,
     Les points rosés dont elle était marquée
Se détachaient, pareils à des grains de beauté.
     Du lac la jeunesse dorée,
     Brochetons, Mulets et Carpeaux,
     Autour d'elle faisaient les beaux;
     Mais, de trop près s'il la voyait serrée,
Mons Brochet exhibait son râtelier pointu
     Aux petits Don Juans de l'onde,
Et, montrant qu'il n'était ni content, ni battu,
     D'un coup de queue il ramenait sa blonde
     Dans le sentier de la vertu.

10

Au bout du lac, une belle rivière
Serpentait dans les prés en fleurs;
Doucement nos explorateurs
Suivant la rive hospitalière

Remontèrent le cours de l'eau paisible et claire;
Mais un obstacle devant eux
Se dressa tout à coup : c'était certain barrage
Fait de gros madriers et de solides pieux
Par un meunier du voisinage;
L'eau s'échappait par un étroit passage
Sur un talus rapide, et tombait à grand bruit.
Que faire? A retourner en serait-on réduit?
— « Quoi! vous consentiriez à cette reculade! »
Dit la Truite, « mais c'est un jeu
« D'escalader cette cascade!
« Attendez, vous verrez un peu! »

Le Brochet s'opposa, se fâcha; sa nature
    Ne se pliait pas, en effet,
A l'exécution d'un semblable haut fait :
. — « Je te défends!... » dit-il. La façon la plus sûre
D'être désobéi, c'est de dire : « Je veux! »
    L'autre n'en fit une ni deux :
D'un élan vigoureux dans la chute écumante

    Elle passa comme un éclair;
    Son époux, regardant en l'air,
Vit en haut du talus arriver l'imprudente,

Puis elle disparut... et ce fut pour toujours!
Le meunier, connaissant les tours et les détours
De la gent truitonne, avait, juste au passage,
　　Mis une nasse en fin grillage;
La désobéissante y fut prise à l'instant,
　　Et son voyage d'agrément
　　Se termina dans la friture.

　　La morale de l'aventure,
O Truites qui nagez dans les eaux de Paris,
C'est qu'il faut obéir toujours à vos maris.

XVI

LA LOI DU TALION

Aux animaux ne fais jamais de mal,
Car on pourrait un jour, t'appliquant ton système,
Te traiter comme un animal
Toi-même.

Un Monsieur n'aimait pas les chats;
Tous les goûts sont dans la nature.
Il était dans son droit; mais si, par aventure,
Il en trouvait quelqu'un devant ses pas,
C'était une douceur à ses yeux sans seconde
De l'envoyer dans l'autre monde.
Lui disait-on que ce n'était pas bien :
« Pour moi », répondait-il, « je n'aime que le chien;
« Le chat me déplaît, je le tue. »

Un jour qu'il passait dans la rue,
Un grand gaillard lui barra le chemin;
Nul ne voulut livrer passage :

« Monsieur », lui dit le personnage
En le prenant par le collet,
« Votre figure me déplaît. »
On se battit, suivant l'usage;
L'homme aux chats en plein œsophage
Fut embroché comme un poulet.

XVII

L'IVROGNE ET LE POURCEAU

Contre une borne, au coin d'un mur,
Un citoyen se roulait dans la crotte;
Il était, comme on dit dans le peuple, *en ribote;*
Il s'était aplati là, comme un fruit trop mur,
La bouche ouverte, l'œil stupide,

Et, sans souci du lendemain
Non plus que du respect humain,
Cuvait mollement son liquide.
Près de lui, dans le même coin,
S'étalait un beau tas d'ordures;
En cherchant quelques épluchures,
Un Pourceau qui passait vint y fourrer son groin :
— « Veux-tu t'en aller, sale bête! »
Dit l'ivrogne en l'apostrophant;
L'animal, quoique bon enfant,
Avait son amour-propre; il releva la tête,
Et, s'éloignant de quelques pas,

S'assit sur son train de derrière :
— « Eh bien, non », lui dit-il, « je ne te ferai pas
« L'honneur de me mettre en colère;
« Mais ces mots-là, de bonne foi,

« Font dans ta bouche une étrange figure !

« Où trouver une créature

« Plus sale et plus bête que toi ?

« Te voilà vautré dans l'ordure,

« De l'univers toi qui te dis le roi !

« Et demain tu seras malade !

« Tu diras : « J'ai mal aux cheveux ! »

« Mais s'il se trouve un camarade,

« Vous recommencerez à vous soûler tous deux !

« Ah ! tu m'appelles : Sale bête !

« Mais que dirais-tu donc si tu voyais ta tête,

« Ces cheveux éméchés et ce nez violet,

« Ce pantalon et ce gilet

« Souillés par le trop-plein de ta débauche infâme,

« Cette échine avachie et ces membres perclus ?

« Je cherche où peut être ton âme,

« Car tu n'es qu'un trou, rien de plus !

« Va, reste là, dans la boue où tu grognes,

« Plus ignoble qu'un vieux torchon !

« Ah ! qu'on est fier d'être Cochon

« Quand on regarde les ivrognes ! »

XVIII

LA VAGUE

Elle roulait sur la mer sombre
Dans sa terrible majesté;
Mille jeux de lumière et d'ombre
Éclairaient sa limpidité;
Le soleil dorait les écumes

Éparses sur ses larges flancs,

Et les rapides goëlands

En passant y mouillaient leurs plumes.

Derrière elle, l'on pouvait voir

Se creuser les gouffres immenses

Et glisser, dans leurs transparences,

Quelques grands poissons au dos noir.

Elle allait, grandissant dans sa marche imposante,

Ébranlant les récifs sur leur base puissante :

« Rien », disait-elle, « rien ne peut me résister;

« Nulle force ici-bas ne saurait m'arrêter;

« Mon choc renverse une muraille,

« Le roc cède sous mon effort,

« Et les navires de haut bord

« Ne sont pour moi que brins de paille.

« En vain l'Homme sur l'univers

« Prétend partout régner en maître;

« Moi seule, qu'il ne peut soumettre,

« Dispute à son pouvoir l'immensité des mers! »

Elle va, roulant en silence,

Vers la plage inclinée où des enfants heureux

S'ébattent sur le sable avec des cris joyeux;

Des femmes, des oisifs, avec insouciance

La regardent venir... C'est la mort qui s'avance!...

Non : la vague superbe arrive lentement ;
　　　Sa croupe sombre et monstrueuse
En rouleau transparent s'arrondit et se creuse,
Se brise avec fracas et laisse, en expirant,
Au sable doux et fin une frange d'argent ;
Et les bébés, mouillant leurs souliers à l'écume,
　　　Y jettent de petits cailloux,
Tandis que les mamans disent : « Retirez-vous,
　　　« Vous allez attraper du rhume ! »

　　　Les gens qui veulent tout casser
　　　Souvent ne sont pas bien terribles ;
Laissez aller ces héros invincibles,
Vous les verrez d'eux-mêmes s'éclipser.

XIX

LA MOUTARDE DE DIJON

Un Anglais, amateur de choses artistiques,
          A Dijon s'était arrêté
          Pour visiter les monuments gothiques
De cette curieuse et riante cité.
Il alla déjeuner à l'hôtel de la Cloche,

Et, dans le guide-indicateur
Que tout Anglais a dans sa poche,
Lut des produits du cru cet éloge flatteur :
Dijon, ville de vieille roche,
Nous fournit, écrivait l'auteur,
Une moutarde exquise et dont nulle n'approche.
— « Hô », dit l'Anglais, « je vôlais bien goûter ! »

Il sonna le garçon et se fit apporter
Un grand pot de moutarde, en mit sur son assiette
Une large tartine, et, sérieusement,
Comme s'il s'agissait d'un grave événement,
Il y plongea sa côtelette.
Le garçon attendait, debout, l'effet produit;

L'autre ne parut pas séduit :
— « Je ne la trovais pas », dit-il, « beaucoup très-forte! »
Le garçon disparut, et, derrière la porte
Prenant un autre pot tout semblable au premier,
    Le vida dans un moutardier :
        — « Voilà, monsieur! Supérieure! »
        — « Hô, yes », dit l'autre, « à le bon heure!
« Mais ne havez-vous pas encor un peu piou fort? »
— « Je vais voir », répondit sans broncher le jeune homme.
    Il alla chercher du renfort
Vers le maître d'hôtel et faire son rapport

    Sur cet exigeant gastronome :
— « Diable », dit le patron, « mais l'honneur du pays
    « Est engagé! Quoi qu'il advienne,
« Il faut le soutenir. » On avait au logis
    Certain flacon de poivre de Cayenne ;

Il le prit et fit, dans un pot,
De poivre et de moutarde un mélange effroyable
Qu'on alla mettre sur la table
Où l'Anglais commençait l'attaque d'un cuissot
De marcassin. Il fut splendide !
Six tranches de rôti saignant
Enduites largement du mélange perfide
Disparurent en un instant ;

Tous les marmitons en alerte,
Groupés à la porte entr'ouverte,
Regardaient, ébahis, ce gaillard vigoureux,
Rouge de barbe, encor plus de figure,
Qui mangeait comme un Ogre et buvait comme deux,
Qui mettait dans sa nourriture

12

Du poivre rouge en confiture
Et paraissait ne s'en porter que mieux :
 — « Hô », dit-il en vidant son verre,
 « Cette fois je hétais content,
 « Et ce moutarde il avait su me plaire ;
 « Mais celui de le Hangleterre
 « Il était encor piou piquant. »

Ne rions pas, Messieurs, de ce patriotisme !
L'orgueil national est un noble égoïsme,
Plus rare qu'on ne croit dans ce siècle frondeur.
De la vieille Angleterre il soutient la grandeur.
 Je ne veux pas le railler, Dieu m'en garde !
Les fruits du sol natal ont si douce saveur !
Aussi, vrai Bourguignon, je crie, et de tout cœur :
 Vive Dijon et sa moutarde !

XX

LES DEUX CYGNES

Un Cygne blanc laissait au fil de l'eau
Paisiblement aller son existence;
   Les vastes fossés d'un château
Au bel oiseau servaient de résidence.
   Il arriva qu'au châtelain

Un voisin fit cadeau d'un autre oiseau fort rare,
Un Cygne noir que, sans lui crier gare,
On vint lâcher sur le terrain
Où le premier régnait en souverain.
Il en sortit une horrible bagarre
Sous les yeux des gens stupéfaits.

Comme on voit ces héros d'Homère
Dont, à coups de dictionnaire,
Au collége on nous fit traduire les hauts faits,
Se colleter comme des portefaix,
Ainsi nos deux oiseaux, poussant un cri sauvage,
L'un contre l'autre, pleins de rage,
Vinrent se heurter tout d'abord;
Bientôt on ne vit plus sur les ondes troublées

Qu'un informe paquet de plumes emmêlées;
 Sous leurs coups d'aile, jusqu'au bord
 L'eau jaillissait, et leurs âpres morsures
Faisaient déjà couler le sang de leurs blessures;
C'était Ajax luttant contre le fier Hector.
A grand'peine on rompit ce furieux essor.
 De peur d'une nouvelle guerre,
 Il fallut mettre une barrière
En travers du fossé; mais les fougueux oiseaux
Se défiaient encore à travers les barreaux.
 Debout sur un pan de muraille,

Une brave Cigogne, hôtesse du jardin,
 Avait vu de loin la bataille.

A pas comptés vers les deux paladins
Elle vint, et leur dit d'une voix maternelle :
    « Voyons, pourquoi cette querelle?
    « On s'explique sans se fâcher!
    « Qu'avez-vous à vous reprocher,
    « Et quelle fureur est la vôtre? »
— « Non, non », dit l'un, « je ne veux plus le voir
    « Parce qu'il est blanc! » — « Moi », dit l'autre,
    « Je le hais parce qu'il est noir! »

    On dit que les peuples sont frères,
Que le progrès supprimera les guerres :
    Je n'en crois rien. L'humain troupeau
S'entretuera d'une ardeur sans seconde
    Pour la couleur de son drapeau
    Ou la nuance de sa peau
    Tant que le monde sera monde.

XXI

LE MIROIR

Aux rayons du soleil levant
Un gracieux essaim de jeunes Alouettes
Jouait, en égrenant au vent
Ses sémillantes ariettes;
Un petit brouillard transparent

Estompait encor toutes choses ;
L'Aurore y trempait ses doigts roses
Et l'écartait en souriant.

— « Mes sœurs », cria tout à coup l'une d'elles,
« Regardez donc là-bas sur le coteau :
  « On dirait quelque gros oiseau
  « Qui sur la terre bat des ailes ! »
— « Non », dit une autre, « on dirait un miroir ;
  « Mes enfants, il faut aller voir ! »
On part, d'abord avec un peu de défiance ;
On caquette, on discute, on s'arrête, on a peur,
On s'abat dans un trèfle, asile protecteur,
    Pour tenir une conférence :

— « Mes filles », leur dit en passant
Une vieille Caille coiffée
Qu'elles avaient apostrophée
Sur cet étrange événement,
« Mes filles, je connais les hommes
« Et leurs choses! Méfiez-vous!
« Tout ce qu'ils font est contre nous,
« Pauvres volailles que nous sommes! »

Mais aux conseils des vieilles gens
Rarement jeunesse se fie;
Sans l'écouter, à l'étourdie
On part, on suit la plus hardie :

13

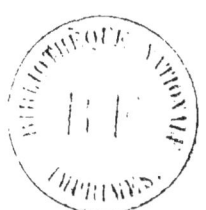

— « Voyez », dit celle-ci, « ce n'est rien, mes enfants,

　　« Qu'un joujou des plus amusants

　　« Qui tourne avec mille facettes ! »

Les autres d'accourir ; mais alors sur leurs têtes

Tombèrent lourdement des filets meurtriers,

　　　Et les pauvres petites bêtes

　　　Allèrent finir, en brochettes,

　　　Dans un pâté de Pithiviers.

　　　De ces petites alouettes

　　　Naïves, folles et coquettes,

　　Le monde est plein, à ce qu'on m'a conté ;

　　Le diable en fait de la chair à pâté.

XXII

DE LA DESTINÉE DES BÊTES A CORNES

Tous sont égaux devant la loi :
Ceci par tout le monde est admis sans conteste ;
 Mais nous sommes, pour tout le reste,
Fort inégaux. Lecteur, je m'en rapporte à toi.
 Voyons, sois franc ! Dis-moi ce que tu penses

Et confesse, sans réticences,

Que dans ton for intérieur

Tu te crois bien supérieur

Aux trois quarts de tes connaissances.

Dans un vallon de ce pays normand

Si fertile en gras pâturages,

Avec son oncle un Veau sous les ombrages

Se reposait nonchalamment :

— « Sais-tu », dit-il au frère de sa mère,

« Ce que je deviendrai lorsque je serai grand? »

— « Mais », dit le Bœuf, « il me semble apparent

« Que tu seras taureau, comme ton père,

    « Ou comme moi célibataire;

« Il n'est pas de milieu. » — « Mais ma petite sœur? »

    Reprit le Veau. (L'enfance est curieuse.)

    Le Bœuf était, malgré son épaisseur,

Un esprit cultivé; de nature rêveuse,

Sur le monde et les lois dont il est gouverné,

    Il avait beaucoup ruminé :

— « Mon cher enfant », dit-il, « ta sœur sera la mère

    « D'autres petits veaux comme toi;

    « Elle produira, c'est sa loi,

    « Et sous les doigts de la fermière

    « De sa mamelle nourricière

    « Un lait fécond coulera chaque jour;

« Elle vivra de paix, d'herbe fraîche et d'amour.

« Pour toi, ta destinée est encore un problème;

« De tous les veaux, hélas! le sort n'est pas le même!

« Les uns sont voués au trépas;

  « Rassure-toi, tu ne subiras pas,

    « Je le sais, cet arrêt suprême.

« Quelques-uns, les heureux, les pachas du troupeau,

  « Vivent oisifs et règnent sans partage

« Sur le cœur innocent des vaches de l'herbage;

« Ah! c'est un bel état que celui de taureau!

« Les autres sont les bœufs, la multitude vile;

« Esclaves sous le joug courbés, nous travaillons,

    « Traînant les chars ou creusant les sillons

      « D'un sol par nous rendu fertile. »

— « Mais, mon oncle, pourquoi cette inégalité ? »

— « Ah ! mon enfant, pourquoi ? Voilà la grosse affaire !

« Pourquoi ce jeune arbre, planté

« Dans un même terrain à côté de son frère,

« Reste-t-il rabougri, noueux et sans vigueur,

« Tandis que l'autre, empli de séve et de verdeur,

« Élève vers le ciel sa tête droite et fière ?

« Pourquoi voyons-nous au château

« Un petit chien comblé de soins et de caresses,

« Tandis que le chien du troupeau

« Chaque jour subit les rudesses

« D'un berger stupide et brutal ?

« Pourquoi le Paon, fort méchant animal,

« Vit-il presque toujours à l'abri de la broche,

« Tandis que son parent fort proche

« Le Dindon, par exemple, est sûr de finir mal ?

« Pourquoi, du haut en bas de l'échelle des êtres,

« Les uns n'ont-ils jamais ni repos ni bonheur,

    « Tandis qu'ignorants du malheur

« D'autres vivent en paix, sans soucis et sans maîtres?

    « J'entends les hommes bien souvent

« Se poser ce — pourquoi? — sans que nul y réponde,

    « Et seul Dieu sait, mon cher enfant,

« Pourquoi l'égalité n'est pas de ce bas monde. »

XXIII

LE CRAPAUD PHÉNOMÈNE

Un Crapaud, ayant eu quelques peines de cœur,
    S'était, dans un bois solitaire,
Retiré loin du monde et des bruits de la terre.
Le malheureux était d'une horrible maigreur,
    Par l'influence sympathique

Qu'a le moral sur le physique.

Or, un jour qu'il errait mélancoliquement,

Il découvrit une retraite

Qui tout exprès lui parut faite

Pour devenir le logement

D'un anachorète;

C'était un fragment de rocher

Intérieurement creusé par la nature,

Et dans lequel on pouvait pénétrer

Par le moyen d'une étroite fissure.

Notre désespéré s'y glissa tout d'abord :

— « C'est là », dit-il, « que j'attendrai la mort! »

Il attendit : oncques dans sa cellule

La mort ne vint, mais bien un ver

Qu'il avala sans préambule.

On se trouvait alors à la fin de l'hiver.

A chaque instant quelque bête imprudente
Arrivait au bord de la fente
Et, crac! disparaissait dans l'abîme entr'ouvert;
Des insectes de toutes sortes,
Grillons, chenilles ou cloportes,

Tombaient comme manne au désert.
Cependant, grâce à l'influence
De ce régime plantureux,
Notre reclus reprit le goût de l'existence;
Du printemps le souffle amoureux
Acheva sa convalescence :
— « Sortons! » dit-il. Mais, ô calamité!
Lorsqu'il voulut passer par l'ouverture,
Impossible! L'oisiveté
Jointe à la bonne nourriture
Avait produit la bouffissure.
D'une rapide obésité.

En ce moment passait un savant Géologue
Qui cherchait par monts et par vaux
Quelques échantillons nouveaux
A mettre dans son catalogue;

Avec le flair d'un homme du métier
Il remarqua la pierre et sa forme insolite;
Il la cassa de son marteau d'acier
Et découvrit le cénobite.

Ce jour fut un beau jour pour le brave savant,
Qui, plus fier qu'un héros au jour de la victoire,
    Emporta son trésor vivant.
  Sur ce sujet il fit un beau mémoire
  Plein d'aperçus nouveaux et curieux
Sur les crapauds vivant dans des blocs siliceux ;
    Avec l'autorité d'un juge
    Dont l'avis était décisif,
  Il démontra qu'au moment du déluge
L'animal dans sa pierre était déjà captif.
Il en eut du profit autant que de la gloire.

    Voilà comme on écrit l'histoire !

XXIV

LA CRUELLE TIGRESSE

Lorsqu'une femme daigne exprimer un désir,
Tout homme bien appris s'empresse d'obéir
    Et tâche de le satisfaire;
    Mais il doit agir prudemment
    Et s'assurer adroitement
Si ce qu'on veut, au fond, n'est pas tout le contraire.

Un Lion avait été pris
Dans les filets d'une Tigresse,

Filets par Cupidon tendus, on l'a compris;
    Mais de sa farouche maîtresse
    Il n'obtenait que des mépris.
    De sa patience héroïque
La belle usait sans nul ménagement,
    Et, comme on dit vulgairement,
    Le faisait *tourner en bourrique :*
    — « Monseigneur », lui dit-elle un jour,
    « Voulez-vous qu'en toute franchise
        « Je vous dise
« Pourquoi vous ne sauriez m'inspirer de l'amour?
    « Eh bien, c'est à votre crinière
    « Qu'il faut s'en prendre; votre aspect
    « A quelque chose de sévère

« Qui tient la tendresse en respect ;

« Cette moustache à votre bouche

« Donne un air hautain et farouche ;

« Sans cela, que vous seriez beau ! »

Notre Lion prit son chapeau ;

Il s'en alla tout d'une traite

Chez son barbier, se mit sur la sellette

Et, non sans soupirer un peu,

Vit tomber sous les coups d'un fer impitoyable

Sa crinière couleur de feu

Et sa moustache formidable ;

Puis il regagna le boudoir
De sa Tigresse, avec le doux espoir
D'obtenir quelque récompense
Pour prix de son obéissance.
Hélas! quand elle vit le malheureux tondu,
La cruelle beauté fut prise d'un fou rire
Dont l'autre resta confondu :
— « Dieux, qu'il est laid! » dit-elle au pauvre Sire ;
« Comment, mon cher, osez-vous bien
« Chez moi vous présenter, accoutré de la sorte? »
Et, sans vouloir entendre à rien,
Elle lui fit passer la porte.

A mon beau-frère Adrien Bouchon-Garnier.

XXV

LES POISONS

Café, tabac sont-ils mauvais de leur nature,
Ainsi que maint savant l'assure?
Point ne le crois, hors si l'on fait abus;
Dans ce cas rien n'est bon, et même les vertus
Seraient défauts, sortant de la mesure.

Cette réflexion a pour point de départ
Un conte assez plaisant qu'on m'a fait quelque part.

Le baron Calino, bien connu dans le monde,
Possède un beau neveu, militaire charmant
A la mine avenante, à la moustache blonde,
    Enfant gâté d'un oncle complaisant.

Officier de spahis et quittant peu l'Afrique,
Il a pris du pays l'ordinaire pratique
    Et s'abreuve de café noir
    Depuis le matin jusqu'au soir :
      — « Le café, mon oncle, est tonique »,
    Dit-il toujours; le baron doucement

Le gronde : « Ah! mauvais garnement,
« Tu sais bien que mon héritage,
« Lorsque j'aurai plié bagage,
« Sera pour toi; mais, au train dont tu vas,
« Fumant comme une cheminée,
« Ingurgitant ta boisson satanée,
« Avant moi, sois-en sûr, tu déménageras! »
— « Mais, mon oncle, voyez mon père;

« Il porte vertement ses soixante-dix ans,
« Et cependant depuis longtemps

« Il fait sa boisson ordinaire
 « De ce café qui vous met en colère. »
— « C'est vrai », dit Calino, « mon frère, né coiffé,
« A soixante-dix ans, je dois le reconnaître;
« Oui! Mais il en aurait quatre-vingt-dix, peut-être,
 « S'il n'avait pas pris de café! »

A mon honoré collègue M. Chevreul,
président de l'Académie de Dijon.

XXVI

LE MATOU DÉNATURÉ

Une Chatte avait un petit
Qu'elle allaitait avec tendresse
Dans la corbeille où sa maîtresse
Avait eu soin de préparer son lit.
Ce nourrisson avait un père,

Un Matou, qui, suivant le travers ordinaire
A ses pareils, rôdait sur les toits d'alentour
Pour croquer l'innocent qui lui devait le jour.

La petite maman, pleine de défiance,
     Avait su par sa surveillance
Déjouer jusqu'alors l'indélicat dessein
        De l'assassin;
   Mais profitant d'un cas où la nature,
Impérieuse aux chats comme aux simples mortels,
    Avait contraint la douce créature
De vaquer, au dehors, à des soins personnels,
Le papa, se glissant vers sa progéniture,
     En fit un horrible festin.

La Chatte, survenant, bondit sur le coquin :

    « Monstre », dit-elle, « chat sans âme!

    « Cartouche, scélérat infâme!

    « Va-t'en, et ne reviens jamais!

« As-tu pu sans frémir, père indigne de l'être,

« Dévorer ton enfant? » — « Mais », répondit le traître,

    « Je l'ai mangé..... parce que je l'aimais. »

Le français est, dit-on, la langue la plus claire;

    C'est possible; mais je soutiens

    Qu'il reste quelque chose à faire

    A nos bons académiciens :

Sent-on pas la rougeur vous monter au visage

Quand on pense qu'il faut, amoureux ou gourmand,

Avec le même mot dire indifféremment :

Madame, je vous aime! ou : J'aime le fromage!

XXVII

LE VALET DE CHAMBRE ET LE PHILLOXERA

Un bourgeois, sur les bords du Rhône,
Était le possesseur d'un de ces crus fameux
Qui, sans valoir le Nuits, le Corton ou le Vosne,
Sont riches en couleur, corsés et généreux.
　　Il tirait de cet héritage

Autant de profit que d'honneur,
Quand le Phylloxera, ce terrible rongeur,
Dans les ceps verdoyants vint porter le ravage.
Ce fut un désastre total.
Par ces vermines acharnées
On vit manger en quatre années
La rente avec le capital.

Fort marri de cette aventure,
Notre bourgeois, après avoir beaucoup gémi,
Voulut enfin connaître la figure
De son implacable ennemi;
Dans une boîte bien fermée
Et par les soins d'un de ses vignerons,
Il fit incarcérer un des forts pucerons
De l'armée.

« A loisir », se dit-il, « nous l'examinerons. »

   Maître Jean, le valet de chambre,

   Époussetant le lendemain

   Par un beau soleil de septembre

Le bureau de Monsieur, trouva le pèlerin;

Il approcha son œil; tout à coup, ô merveille !

  Il entendit une petite voix

   Arriver jusqu'à son oreille :

« Bonjour, l'ami », disait-elle; « je vois

  « A ton agréable physique

  « Que tu dois être un domestique,

« Et tu serais fort aise, ou je me trompe fort,

« De jouer un bon tour au Patron; ai-je tort? »

—« C'est vrai! » répondit Jean.—« Eh bien, par la fenêtre »,

    Repartit le Phylloxera,

« Jette-moi promptement; je sais bien qui rira

    « Lorsque dans sa prison ton maître

    « Tout à l'heure me cherchera!

    « Et dès demain, avant l'aurore,

    « Aidé de mes nombreux enfants

    « (Car je suis père et mère en même temps),

« J'attaquerai les ceps qui survivent encore. »

— « Ah! non », répliqua Jean; « je serais très-heureux

« De taquiner Monsieur; mais j'aime encor bien mieux

    « Trouver du bon vin dans sa cave;

    « Reste donc en prison, mon brave! »

Hélas! qu'êtes-vous devenus,
Vieux serviteurs de confiance?
Amis obscurs de notre enfance,
Où sont vos dévouements désormais inconnus?
Aujourd'hui pourrait-on en trouver un sur mille?
Plus on a de valets, plus on a d'embarras,
Et tous nos gens sont des Phylloxeras
A domicile.

XXVIII

LA ROSE ET LE HANNETON

Une Rose dans un parterre
Étalait en pleine lumière
Sa beauté rayonnante aux premiers feux du jour ;
Cette beauté, je ne dois pas le taire,
Était peut-être un peu vulgaire ;

Elle passait pourtant pour reine en ce séjour;

    Tous les Papillons d'alentour

    Accouraient en battant de l'aile

    Et se permettaient avec elle

    Maintes petites libertés;

A fleur sans modestie insectes effrontés.

Elle n'en était pas autrement étonnée

    Et s'y prêtait en souriant;

    Cette Rose-là, sûrement,

    A Nanterre n'était pas née.

Un jeune Hanneton, levé de bon matin,

Et fort entreprenant, comme l'est d'ordinaire

    A son âge un Coléoptère,

Voulut goûter aussi de ce joli festin,

   Et dans sa corolle rosée,

   Faite de nacre et de satin,

   Boire une goutte de rosée :

   — « Eh bien, toi, qu'est-ce qui t'a pris ? »

   Lui dit la fleur avec mépris;

« Ah çà, crois-tu qu'une rose s'abaisse

   « Jusqu'aux marauds de ton espèce?

« En vérité, le drôle est familier ! »

Le Hanneton, en galant chevalier,

Lui répondit de la même manière :

   « Tais-toi donc! graine de rosier!

   « De ton odeur tu fais la fière,

   « Mais rappelle-toi, ma bergère,

   « Que tes pieds sont dans le fumier! »

XXIX

LE CROCODILE ET LE POLICHINELLE

Un *Gentleman* anglais et toute sa séquelle
    Remontait le Nil en bateau;
  Un des *babys* laissa tomber dans l'eau
    Un superbe Polichinelle.
Le pantin s'arrêta dans les joncs, près du bord,

Au-dessus d'un bas-fond où certain Crocodile
Élevait sa jeune famille.
Le féroce animal crut, au premier abord,

Voir un enfant; non sans surprise,
Il constata bien vite sa méprise,
Et, laissant là le jouet voyageur,
Retourna dans son trou de fort mauvaise humeur.
Un petit *fellah*, du rivage

Aperçut, brillant au soleil,
La bosse pailletée et le masque vermeil
Du satirique personnage;

Pour le voir de plus près il se mit à la nage ;
  Mais le monstre avec sa *smala*
Assaillirent soudain le pauvret sans défense ;
  Il disparut, et, ce jour-là,
  Au fond du Nil on fit bombance.
  Quelques jours après même chance !
  Le Crocodile avec orgueil
Voyait ses chérubins engraisser à vû d'œil.
 Or certain soir, en l'absence du père,
Les jeunes Sauriens, sortis de leur repaire,

 En barbotant près du trou paternel,
Aperçurent, riant de son rire éternel,
  Le petit joujou d'Angleterre.

Ils trouvèrent fort amusant
D'occuper leur après-soupée
Sur ce cadavre de poupée,
Le déchirant, le mordillant
Et grignotant son nez luisant;
Tant et si bien qu'ils avalèrent
Du vermillon, du vert-de-gris,
Et de ce coup s'empoisonnèrent.
Au retour, le papa, profondément surpris,
Les vit, le ventre en l'air, au milieu des débris;

Il répandit sur le rivage
Quelques larmes, suivant l'usage
Des Crocodiles bien appris,

Puis se dit qu'après tout, on a, sur cette terre,
　　Besoin de vivre, avant que d'être père,
Qu'on pourrait remplacer un jour les chers petits,
　　　Mais que ce serait bien dommage
　　　De laisser leurs corps sans usage;
Bref, en deux coups de dents ils furent engloutis
　　　Dans le paternel œsophage.
　　　Ce n'est pas tout, et c'est ici
　　　Que d'Allah la justice brille :
　　Grâce au poison transmis par sa famille,
　　　Le scélérat mourut aussi.

Mon conte a sa raison aussi bien que sa rime.
　　On a compris que mon Polichinel,
C'est la Fatalité qui venge la victime
Et qui fait bien souvent contre le criminel
　　Se retourner l'instrument de son crime.

XXX

IDYLLE RÉALISTE

Derrière un de ces longs murs blancs,
Les derniers de la ville et les premiers des champs,
Une fille rougeaude, aux cheveux en broussaille,
Forte du pied, épaisse de la taille,
Attendait. Elle vit bientôt sur le chemin

Venir, en allongeant ses grandes bottes noires,
Un jeune Croque-mort; il tenait dans sa main
Une rose mousseuse, et ses larges mâchoires
    Se dilataient dans un rire bénin;

Il était blond, sans barbe, un type de jocrisse.
    Il rougit comme une écrevisse
    En s'approchant, et, d'un air hébété,
        Offrit la fleur à sa beauté

Qui faisait les yeux en coulisse.
Il prit sa main, la passa sous son bras,
Et tous les deux, à petits pas,
Le long du mur, sans dire une parole,
Se mirent à marcher sur la terre un peu molle.

Lui soupirait de temps en temps
Comme eût fait un soufflet de forge;
Elle lui répondait de même, et, par instants,
L'émotion les prenant à la gorge,
Ils toussaient : « Ah! » dit-il enfin.

« Ah ! » fit-elle ; il reprit : « M'aimez-vous, Isabelle ? »

    — « Oh ! mais oui, monsieur Séraphin ! »

Il serra tendrement le coude de sa belle ;

Puis après un silence : « Il faut nous épouser »,

Dit-il, « le voulez-vous ? » — « Demandez à ma mère. »

— « C'est ça ! J'irai la voir dimanche à la barrière. »

A ces mots, Séraphin parut s'électriser ;

Il saisit brusquement les bras de sa commère

    Et sur son front mit un baiser ;

Elle rougit, et lui, confus de son audace,

    Baissa les yeux ; puis, machinalement,

Il regarda sa montre : « Allons, c'est le moment :

« Il faut que j'aille à Montparnasse
« Mener une pratique... une cinquième classe »,
Ajouta-t-il mélancoliquement.
Et comme il se sentait tout bête,
Il partit à grands pas sans détourner la tête.
La grosse fille, au bout du mur,
Immobile à la même place,
Regardait filer son futur
En admirant sa bonne grâce;
Comme il allait tourner le coin,
Elle lui décocha de loin
Un baiser à travers l'espace,
Et sa voix murmura : « Toujours! »

Il n'est pas de laides amours.

XXXI

LE PETIT MAGOT
ET LE SOULIER COULEUR DE FRAISE

Un petit Magot de la Chine
Fut par un Monsieur poivre et sel
Acquis à beaux deniers, et mis dans sa vitrine
Près d'un poignard et d'un missel.
Les Chinois ne sont pas d'une bravoure extrême;

D'un côté, le poignard lui faisait un peu peur;
De l'autre, le vieux livre, avec sa vieille odeur,
    Ses vieux fermoirs et son air de carême,
L'emplissait d'un respect voisin de la frayeur;
Enfin il se sentait assez mal à son aise
Lorsqu'en jetant les yeux plus bas, il découvrit

Un tout petit soulier, mignon, couleur de fraise,
Dont la vue aussitôt égaya son esprit :
« Par le dieu Fô, dit-il, je ne vis, même en Chine,
    « Jamais chaussure aussi divine!

« Nos femmes ont le pied petit, mais chacun sait

« A quel prix on obtient ce moignon contrefait;

« Tandis qu'ici c'est la nature

« Sans entraves et sans torture,

« Un pied comme le Ciel l'a fait !

« Voyez ce fin talon, cette étroite semelle,

« Ce joli pompon de dentelle!

« Que je voudrais te voir, ô pied délicieux

« Qui, recouvert d'un bas soyeux,

« As pu tenir dans cet étroit espace ! »

En ce moment une dame fort grasse

Pénétra dans la chambre; on voyait sur son front

Des bandeaux où le blanc se mélangeait au blond;

On devinait qu'elle avait été belle,

Mais à plaire elle avait renoncé dès longtemps,

Et sa vieille robe cannelle
Portait la trace des autans;
Son corsage était un poëme
D'insouciance et d'abandon,
Et ses charmes flottaient à même
Comme les coins d'un édredon;

Sur ses chevilles engorgées
Des bas de laine se plissaient,
Et ses gros pieds s'aplatissaient
Dans des chaussures ravagées.

Alors certain petit Amour
Pompadour
Qui se trouvait sur l'étagère,
Dit au Chinois
D'un air narquois
En lui montrant la grosse mère :

« Tu voulais voir le pied — délicieux —
« Qui se chaussait du petit soulier rose?
« Regarde, il est devant tes yeux;
« C'est ton poëme mis en prose. »

Chacun a chaussé, dans son temps,
Des bottes couleur du printemps ;
Souvenez-vous, hommes à tête grise !
D'un pied leste on marchait vers la terre promise
De l'amour, de la gloire et de la liberté ;
Mais quand l'hiver a remplacé l'été,
Plus de bottes ni de chimères ;
On met des chaussons de lisières.

XXXII

FIER COMME ARTABAN

La conversation était fort animée
  Quand un Monsieur, décoré d'un ruban,
    Prononça le mot d'Artaban :
    « A quoi tient donc la renommée
    « De fierté qu'avait ce héros? »

Dit la Comtesse à ce propos.

« Vous qui connaissez tout — et même davantage,

« Apprenez-nous, puisque vous êtes là,

« La vérité sur tout cela. »

Le savant se moucha, toussa, suivant l'usage,

Et dit : « Les Artabans des Parthes étaient rois;

« Ils furent au nombre de quatre,

« Et les Romains durent plus d'une fois

« Les repousser et les combattre.

« Un cinquième vécut dans un temps plus ancien :

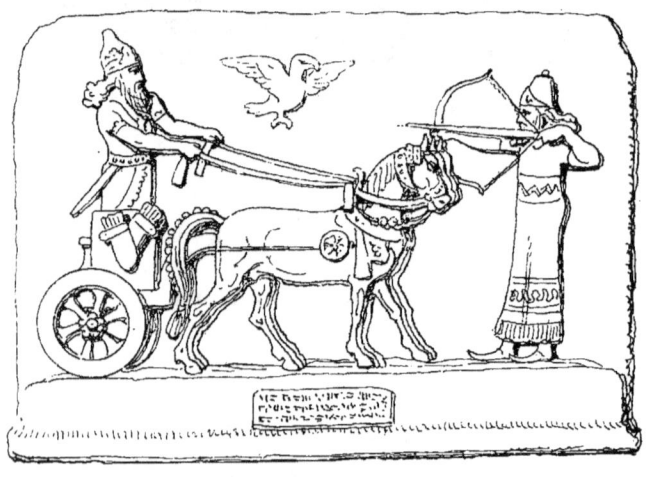

« C'est Artaban Hyrcanien,

« Général de Xerxès, qui, par un coup d'audace,

« Assassina son maître et se mit à sa place. »

   — « C'est celui-là », dirent tout d'une voix

   Les auditeurs. — « Pourquoi? » dit la Comtesse;

   « Il avait fait une indélicatesse;

« Ce n'était pas le cas d'être si fier, je crois! »

On discuta la chose, et, comme d'ordinaire,

     Les avis furent partagés :

— « Dans un mauvais chemin vous êtes engagés »,

   Dit la Marquise douairière;

   « Pour moi, la chose est simple et claire;

« *Artaban* sonne bien, vous ne direz pas non;

« Eh bien, il était fier d'avoir un si beau nom. »

Cette explication est des plus soutenables;
Elle me plaît par sa simplicité;
Que de fois, sur un point obscur et contesté,
Certains savants imperturbables
En ont gravement adopté
De beaucoup plus invraisemblables!

XXXIII

L'ESCARGOT EMMIELLÉ

Un Colimaçon affecté
De myopie, ayant oublié ses lunettes,
Entra dans une ruche en pleine activité.
Quel scandale ce fut dans la communauté !
    N'est pas qui veut Escargot sympathique.

L'indiscret visiteur, sentant les aiguillons
Que portent sous leurs cotillons
Les petites Dames de pique,
Crut superflu de faire le malin
Et se tapit au fond de sa coquille;
Ce que voyant, le bourdonnant essaim
Se réunit en conseil de famille :
« Mesdames, jetons-le dehors »,
Dit, en pérorant dans un groupe,
La plus bavarde de la troupe.
C'est dit! On unit ses efforts,
On s'agite, on pousse, on s'attelle;
Rien ne bougeait! « Ne pourrait-on
« Le murer dans sa citadelle? »
Dit quelqu'un. L'avis parut bon.

Aussitôt de miel et de cire
Activement on se mit à l'enduire ;

Mais la nuit vint; l'impitoyable essaim,
　　Pour donner la seconde couche,
　　Dut s'ajourner au lendemain.
On se dit : Bonne nuit! On se serra la main,
Et chacune bientôt dormit comme une souche.
　　Seul l'Escargot ne dormait pas.
Aussitôt que Morphée eut à tout ce fracas
　　Fait succéder le calme et le silence,
De l'enduit incomplet brisant la résistance,
Le prisonnier, heureux d'échapper au trépas,
　　Sans bruit conquit sa délivrance.

Il était déjà loin au lever du soleil,
Et sur un petit mur, à l'abri du feuillage,
Il s'arrêta pour rire, en pensant au visage
　　Des Abeilles à leur réveil.
　　Bientôt il s'endormit lui-même,

Ainsi qu'on voit, dans un poëme,
Un héros, fatigué par un terrible choc,
S'étendre sous sa tente et ronfler tout d'un bloc.
En s'éveillant, il crut entendre
Un bourdonnement singulier;
D'un premier mouvement il ne put se défendre,
Et se crut encor prisonnier;
Mais en risquant un œil, d'une scène bizarre

Il se vit le héros : sur son dos emmiellé
De Moucherons un essaim affolé
Tourbillonnait en sonnant la fanfare;

Chacun voulait goûter à son enduit;
Quelques Lézards, attirés par le bruit,
De Mouches, à leur tour, aubaine inespérée,
Se partageaient une folle curée :

— « Monsieur », dit au Colimaçon
Un des Lézards, « me ferez-vous la grâce
« De venir chez moi sans façon?
« Pour vous bien recevoir, il n'est rien qu'on ne fasse! »
— « Seigneur! » dit le second, « acceptez mon dîner! »
— « Que Monseigneur daigne me pardonner »,
Dit un autre; « dans ma famille
« Vous serez bienvenu; ma femme est fort gentille,
« Et nous avons un lit à vous donner. »

20

Notre Escargot se laissa faire,
Voyant parfaitement le dessous de l'affaire;
On se l'arracha, c'est le mot.
On pourvoyait à sa pâture,
On le conduisait en voiture;

Les Mouches payaient son écot.
Cette existence fort commode
Durait déjà depuis trois jours
(Trois jours valent trois ans, pour un gastéropode) :
« C'est trop beau pour durer toujours! »
Se disait-il. Une petite pluie
Vint en effet finir la comédie.

De sa coquille l'eau du ciel
Enlevant la couche de miel
Qui lui valait des soins de toute sorte,
Il fut sans les moindres égards
Par ses bons amis les Lézards
Le soir même mis à la porte.

Croyez-vous qu'il se désola
De sa subite catastrophe?
Point! Dans les champs il s'en alla
Manger ses choux; c'était un philosophe.

Plus d'un gros limaçon, de miel badigeonné,
        Attribue à ses seuls mérites
        Les louanges des parasites
        Dont il se voit environné;
        Ses discours sont trouvés sublimes;
On fait fumer l'encens de la cave au grenier;
Le secret, pour avoir beaucoup d'amis intimes,
        C'est d'avoir un bon cuisinier.

XXXIV

L'HIRONDELLE ET LE MOINEAU FRANC

O bons Parisiens de Paris,
Attention : c'est pour vous que j'écris.

Au bord d'un toit une Hirondelle
Sur la place Vendôme avait bâti son nid.

Dans un vieux trou, tout auprès d'elle,
Un Moineau franc vint abriter son aile;
Un tendre sentiment bientôt les réunit.
Dans les liens de cette aimable chaîne
On traversa le printemps et l'été;
Mais quand l'automne eut apporté
D'un hiver rigoureux la menace prochaine,
L'Hirondelle, à regret, dut songer au départ :
« Viens avec moi », dit-elle avec un doux regard
A son ami, « partons pour la terre bénie
« Où l'air est toujours tiède et le ciel toujours bleu;
« Nous reviendrons, s'il plaît à Dieu,
« Quand la saison d'hiver ici sera finie. »
— « Hélas! » lui répondit tristement le Moineau,
« Je ne pourrais jamais te suivre, ma chérie;
« Et comment traverser l'immense nappe d'eau
« Qui s'étend de Marseille aux rives d'Algérie?
« Assez longtemps je ne saurais voler. »
— « Quoi! c'est cela qui te fait reculer! »
Dit l'oiseau voyageur; « mais rien n'est plus facile
« Que de nous diriger tout droit
« Par l'Espagne vers le détroit
« De Gibraltar, allant de ville en ville,
« Et nous reposant chaque nuit;

« Allons, viens! » Aisément son ami fut séduit.

Abandonnant la perpendiculaire,

Chemin habituel de tous leurs compagnons,

On vit nos touristes mignons

Se diriger vers la frontière.

Ils visitèrent en passant

Orléans et sa cathédrale,

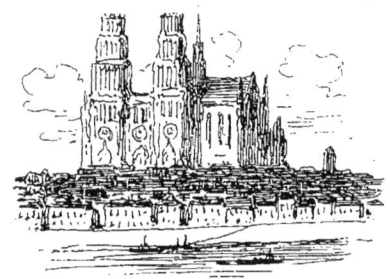

Limoges, Périgueux, dont le seul nom exhale

Un doux parfum de truffe; Agen, lieu florisssant

D'où le pruneau rafraîchissant
Répand ses bienfaits sur la France;

Pau, qui du Béarnais salua la naissance.
Notre Moineau, de parti pris,
Trouvait que tout cela ne valait point Paris.

Il resta froid devant les Pyrénées;
Montmartre, avec ses cheminées,
Était, pour lui, plus gracieux
Que ces grands pics prétentieux;
Bref, il aurait voulu, suivant un mot célèbre,

Pouvoir retrouver dans son sac
Le ruisseau de la *Ru' du Bac.*
Ils virent Saragosse et les rives de l'Èbre;

Madrid et son Prado lui parut sans couleur;
Il parcourut d'un œil absolument hostile

Tolède, Cordoue et Séville,
Maudissant la poussière et cuit par la chaleur.
Enfin, sur le bleu pur de l'horizon limpide
Parut de Gibraltar l'énorme pyramide.

21

Après quelques instants de repos sur ce roc
Auquel, à ce qu'on dit, tient beaucoup l'Angleterre,

Nos deux voyageurs au Maroc
Prirent terre.
L'aspect de ce pays nouveau
Séduisit d'abord le Moineau.
Ces orangers jaunes d'oranges,
Ces hommes bruns, aux costumes étranges,
Ces dômes et ces minarets
Avec leurs ombres transparentes,
Ces oiseaux inconnus et ces nouvelles plantes,
Tout lui parut piquant et plein d'attraits;

Mais cela dura peu : la douce créature
Qui l'aimait vit bientôt son rêve s'envoler.
      Les Moineaux francs n'ont pas de la nature
            Reçu l'art de dissimuler.
Le nôtre n'eut bientôt qu'un désir : s'en aller !
      Et tout en lui, sans amphibologie,
Trahissait un ennui frisant la nostalgie.
Il en serait tombé malade, c'est certain,
            Si l'intelligente Hirondelle,
Cachant sous un sourire une peine cruelle,
Ne l'eût fait pour Paris repartir un matin.

Elle l'accompagna jusqu'aux rives d'Espagne;
      On se fit de tendres adieux :

Au revoir!... à bientôt!... secrètement joyeux,
Il quitta lestement sa gentille compagne.

Elle avait vu l'ingrat pour la dernière fois,
    Et lorsqu'au bout de quelques mois
    Elle revint tout d'une traite,
Le logis était vide, hélas! le galopin
Était allé nicher avec une Pierrette
    Dans un trou du quartier latin.

A M. Paul Regnault

XXXV

LE PRÉCEPTEUR

Son Altesse Sérénissime
Le Grand-Duc Ernest Léopard
Avait un descendant direct et légitime
Qui devait de son trône hériter tôt ou tard.
Le papa, fier de sa lignée,

Voulant la mettre à la hauteur
De sa future destinée,
Résolut de donner au Prince un précepteur.
Le lendemain chacun sut la nouvelle
Par la gazette officielle;
Au lieu d'un, il s'en trouva cent.
Le plus petit maître d'école

Affirmait être aussi savant
Que feu Pic de la Mirandole.
On les fit repartir comme ils étaient venus,
Et l'on examina les titres
De gens un peu moins inconnus :

— « F...lanquez-moi donc tous ces belîtres

« A la porte », dit en jurant

Van der Rhinocéros, général de la garde;

« Éduquer le petit, c'est moi que ça regarde !

   « Pour un Prince, il est transparent

   « Que la question militaire

   « Est la plus importante affaire;

« Or, je ne pense pas que j'en sois ignorant. »

— « Cependant », dit Son Excellence
L'ambassadeur baron Renard,

« La diplomatie est un art
« Dont on reconnaît l'importance. »
— « Mais c'est par la justice et la noble clémence »,
Dit le président Chimpanzé,
« Que tout grand Souverain s'est immortalisé. »

Chacun prêchait pour sa chapelle.
Un seul n'avait encor rien dit;

L'excellent Asinus, professeur érudit,
Se taisait, attendant que quelqu'un l'interpelle :
— « Allons », lui dit le Duc, « parlez à votre tour. »
      — « Eh bien », répondit sans détour
Le brave professeur, « sans doute j'apprécie
« La guerre, la justice et la diplomatie;

22

« Mais à nos Souverains ce qu'il faut avant tout,

    « Pour eux la chose principale

    « Et sans laquelle se dissout

    « Toute l'autorité royale,

    « C'est, Altesse, une qualité

    « Qu'on appelle : la volonté! »

Le Grand-Duc, en riant, écoutait le bonhomme :

    — « Je vous entends », dit-il, « vieil entêté!

    « Vous prétendez à ma postérité

« Inculquer vos défauts; soit! C'est vous que je nomme. »

    Vouloir, c'est le secret des forts;

    Les indécis tâtonnent dans la vie,

    Se consumant en stériles efforts;

    La volonté remplace le génie.

XXXVI

LE LIERRE ET L'ÉPINE ROSE

Au pied d'une Épine rose
Un Lierre soupirait :
« O Reine de la forêt,
« Je voudrais t'aimer, mais je n'ose !
« Hélas ! de mon humilité

« Je rougis, quand je la compare

« A l'éclat divin dont se pare

« Ta resplendissante beauté.

« Je n'ai ni parfum ni parure;

« Mon feuillage est sombre, et mes fleurs

« Sans grâce comme sans couleurs

« Aux frelons servent de pâture.

« Si je ne rencontre un appui,

« Je rampe humblement sur la terre;

« Il me faut le secours d'autrui

« Pour trouver l'air et la lumière.

« Laisse-moi monter dans tes bras;

« Mon ombre te rendra plus belle,

« Et l'ami que tu soutiendras

« Jusqu'à la mort sera fidèle! »

L'Épine rose à ces accents

D'une douce pitié ne sut pas se défendre,

Car sous sa rude écorce elle avait le cœur tendre;

Elle permit. Heureux, fier et reconnaissant,

Le Lierre monta, monta tout doucement,

La couvrant d'un réseau de tiges enlacées;

Les branches à leur tour furent par lui pressées;

Enfin du bas jusques en haut

Il entoura si fort l'objet de ses tendresses
    Que le pauvre arbuste bientôt
    Mourut, étouffé de caresses.

Faut de l'amour, pas trop n'en faut.

XXXVII

LE PIERROT ET LE CANARI

Un Serin était dans sa cage
Qu'on accrochait, chaque matin,
Parmi les fleurs et le feuillage
Aux barreaux d'un balcon donnant sur le jardin.
Certain Pierrot du voisinage

Venait ramasser humblement,
Comme Lazare à la porte du riche,
Les grains tombés sur la corniche;
Le bon Serin, complaisamment,
Fournissait un ample aliment
A l'appétit du parasite.
L'intimité s'établit vite :
— « Hélas! » dit un jour le Pierrot,
« Votre pitié maintenant me protége;
« Mais quand viendront l'hiver, et le froid, et la neige,
« Je ne vous verrai plus, et je mourrai bientôt. »
— « Ventre-saint-gris! point ne veux que tu meure »,
Répond le Canari : « cherchons quelque moyen
« De t'introduire en ma demeure;
« Ma maîtresse est très-bonne et t'accueillerait bien;

« Essayons! » Pour lever le crochet de la cage
Tous deux travaillent avec rage,

L'un en dedans, l'autre en dehors;
La chose réussit au gré de leurs efforts,
Et voilà mon Pierrot prisonnier volontaire.
Tout arriva comme on l'avait prévu.
On se demanda bien comment ce prolétaire
Avait pu pénétrer ainsi sans qu'on l'ait vu;
Mais comme ils faisaient bon ménage,
On n'y pensa pas davantage.
L'hiver s'avançait à grands pas.
Peu gâté jusque-là, le Moineau faisait fête
Aux succulents et copieux repas;

Mais il avait de fréquents maux de tête,
Et puis il devenait trop gras;
Du salon la température
Lui paraissait une torture;

Bref, un beau jour, notre reclus
Déclara qu'il n'y tenait plus.
Le Serin, qui l'aimait d'une amitié sincère,
Essaya de le retenir;
Mais voyant bien que, sans y parvenir,
Il exaspérait son compère :
« Écoute », lui dit-il, « pars! Mais, si tu le veux,
« Nous nous en irons tous les deux. »
Le Pierrot fut touché d'un si doux sacrifice,
Et voilà nos amis guettant l'heure propice
En chantant du matin au soir :
Perruque blonde et collet noir.

Enfin, par la fenêtre ouverte
Ils s'échappent un beau matin;
De toit en toit, de jardin en jardin,
Ils s'en vont à la découverte.

23

Au bout de peu de temps, notre Serin fut las;
Le vol était pour lui chose toute nouvelle;
    Il suivait en tirant de l'aile,
Grelottant dans la brume et soupirant tout bas,
Son guide peu sensible au souffle des frimas.
    Le déjeuner manqua de confortable :
        Il fallut, sans se mettre à table,
Le chercher en suivant la trace des chevaux...

    N'insistons pas. Malgré sa répugnance,
Le pauvre Canari fit bonne contenance;
    Mais lorsque vint s'ajouter à ses maux
        Une pluie intense et glacée,

Il repartit tête baissée
Vers le logis, et, frappant aux carreaux,
Les vit s'ouvrir avec ivresse;
Dans son sein sa belle maîtresse

Réchauffa le cher fugitif
Qui, sans autre coup de canif,
Parvint à l'extrême vieillesse.

On trouve parmi les humains
Et des Pierrots et des Serins

(Beaucoup de ces derniers, affirment les malins).
Ce qui convient aux uns ne convient point aux autres;
Chaque paroisse a ses Apôtres.
De même chaque peuple a son tempérament,
Ses aptitudes, son langage;
C'est là-dessus que son gouvernement
Doit se modeler, s'il est sage.

XXXVIII

LE PETIT HURLEUR

Quel aimable et charmant enfant
C'eût été que monsieur Maurice
Si par ses pleurs, à tout instant,
Il n'eût mis les gens au supplice !
Ce jeune citoyen, pour un oui, pour un non,

Partout, en promenade, en rue ou bien à table,

Criait comme un petit ânon;

C'était vraiment insupportable!

Un jour qu'il était seul dans le fond du verger,

Il voit des abricots; de se les adjuger

L'envie aussitôt le picote,

Et le voilà grimpant pour les manger

Au grand péril de sa culotte;

Mais sous le poids de l'imprudent marmot

Une branche cassa : jugez quelle culbute!
Heureusement l'arbre n'était pas haut,
Et le gazon capitonna la chute.
Il n'en rentra pas moins, au bout de quelque temps,
Avec une bosse à la tête;
Mais il se garda bien de dire à ses parents
Comment la chose s'était faite.
Sa petite sœur Mariette

Vint l'entourer de ses petits bras blancs
· Avec un gros baiser bien tendre :
— « Maurice », lui dit-elle, « a dû pleurer beaucoup! »

— « Pleurer », dit le Bébé, « du tout !
« Personne ne pouvait m'entendre ! »

Au Parlement, que de hurleurs
Ne donnent de la voix que pour leurs électeurs !

A M. Albert Lesourt.

XXXIX

LE SERPENT SENTIMENTAL

Il était une fois un honnête Serpent
    Qui supportait avec beaucoup de peine
D'être en butte à la crainte, au dégoût, à la haine
Qu'inspire au genre humain tout animal rampant :
— « C'était tout autre chose au temps du premier homme »,

Se disait-il; « Satan, pour paraître plus beau
« Quand il organisa l'affaire de la pomme,
« Ne trouva rien de mieux que d'entrer dans ma peau.
    « Mes aïeux, dans les temps antiques,
    « Ont eu souvent des rôles historiques
« (Certain Laocoon pourrait en témoigner);
« L'un d'eux eut, on le sait, l'honneur d'accompagner

« Esculape, et l'on voit chez tout apothicaire
« Des Serpents, indiquant l'usage salutaire
    « Que l'on peut faire des poisons.

« Le dieu Mercure avait sans doute ses raisons

 « Quand il choisit le caducée

« Pour attribut; il eût, à coup sûr, la pensée

 « De rappeler aux marchands, ses clients,

 « Que comme nous il faut être prudents.

« Avec art arrondie en forme d'auréole

 « Notre figure est le symbole

 « De l'éternel enchaînement des temps;

« Et qui ne se souvient des énormes Serpents

 « Accompagnant, au village, les chants

 « De monsieur le maître d'école?

« Notre image est partout, et partout on nous hait!

« Être aimé doit pourtant être chose bien douce! »

Et l'infortuné soupirait

En glissant à travers la mousse.

— « Qui donc soupire ainsi ? » dit, en ouvrant les yeux,

Une innocente jouvencelle

Qui dormait doucement sur le gazon soyeux.

« Ciel ! un serpent ! » s'écria-t-elle.

— « N'ayez pas peur de moi », dit le pauvre animal ;

« Je ne suis pas méchant comme on croit d'ordinaire,

« Et je ne songe pas à vous faire du mal ;

« Combien je voudrais, au contraire,

« Vous inspirer quelque pitié!

« Je ne connais pas l'amitié,

« Et personne sur cette terre

« Ne s'intéresse à moi. » — L'enfant avait bon cœur,

L'aventure était singulière,

On aime à voir de près ce qui fait un peu peur;

Vers son humble solliciteur

Elle se penche et, d'une main craintive,

Caresse doucement la bête inoffensive;

Sous ses doigts l'animal se glissant doucement

Autour de son bras blanc s'enroule lentement;

Il enlace son cou de sa courbe irisée,

Puis vers son sein de dentelles voilé,

Comme un collier d'argent dont l'agrafe est brisée,

Il descend, mollement roulé.

L'enfant, troublée et frissonnante
Au contact un peu froid de ce métal vivant,
Se sent tout près d'aimer la bête caressante,
Et, par un gracieux et tendre mouvement,
Prenant sa tête fine, à sa bouche la porte.....
Un crochet du reptile effleure, à son insu,
De sa lèvre le doux et délicat tissu....
  Une heure après elle était morte.

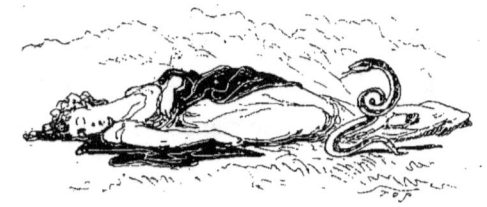

Étouffe dans ton cœur la voix de la pitié
Lorsque vers un pervers cette pitié t'entraîne ;
Une chose est à craindre encor plus que sa haine,
  Sache-le : c'est son amitié.

XL

LE COCHER DE FIACRE ET LE JOUVENCEAU

Aujourd'hui l'on parle beaucoup
De solidarité; c'est une bonne chose;
Il en est un genre, surtout,
Qu'à tous mes amis je propose :
C'est celle des honnêtes gens
Contre les coquins malfaisants.

Un petit jouvenceau de candide figure,
     Mais moins sot qu'il n'en avait l'air,
     En arrivant par le chemin de fer
       Prit à la gare une voiture.

Le cocher, grand gaillard, de puissante carrure,
     Le conduisit à l'hôtel désigné,
       Puis, l'estimant peu renseigné,
       Lui demanda double salaire :
     Tant pour l'attente et pour le chargement,
Les bagages, la course avec le supplément,
       Un vrai compte d'apothicaire !
Le voyageur flaira quelque tour du métier :
       — « Montrez-moi », dit-il au cocher,
« Votre tarif. — De quoi? Mon tarif! Pourquoi faire? »
Dit le rustre. « Voyons, payez, nom d'un tonnerre! »

Il se mit à crier très-fort,
Ainsi qu'on fait quand on a tort.

En ce moment, marchant d'un pas tranquille,
Parut à l'horizon un bon Sergent de ville :
— « Attendez, mon ami, je vais lui demander »,
    Dit paisiblement le jeune homme,
    « De vouloir bien fixer la somme
  « Que je vous dois; il va nous accorder. »
    Mais le cocher, à cette vue,
  Subitement avait baissé le ton

Et lui dit, doux comme un mouton :
— « C'est moi qu'a fait une bévue,
« Mon bourgeois; je m'aurai trompé;

25

« Et si des mots m'ont échappé,

« Faut pas, pour ça, me faire de castille

« Et chagriner un père de famille! »

L'autre répondit doucement :

— « Mon ami, je crains fort toute espèce d'esclandre,

« Et je pourrais facilement

« Vous envoyer ailleurs vous faire pendre

« Si je ne consultais que mon propre agrément;

« Mais contre les filous nous devons nous entendre,

« Nous, braves gens; je vous ferai punir

« Non pas pour moi, mais pour défendre

« Les voyageurs de l'avenir. »

Cela dit, il fit signe au bon Sergent de ville.

Qui, sans trompettes ni tambours,

Fit mettre à pied mon imbécile

Pour quinze jours.

XLI

LE CORMORAN

Un riche habitant de Canton,
Mandarin à double bouton,
Homme calme et d'humeur bénigne,
Aimait la pêche; à son avis,
Ce plaisir devait être mis

Avant tous en première ligne.

Ceci n'est pas un calembour,

Car il ne s'agit pas de — ligne — en cette histoire,

Et mon Chinois n'eût jamais voulu croire

Qu'un homme sain d'esprit pût rester tout le jour

Assis, sans bouger de son siége,

En face d'un bouchon de liége.

Il procédait tout autrement :

Sur une barque on quittait le rivage

Avec un Cormoran dressé pour cet usage;
L'oiseau plongeait et, fort habilement,
D'un coup de bec attrapait au passage
Des poissons, au bateau portés fidèlement.

Cette fidélité, je ne dois point le taire,
N'était peut-être pas tout à fait volontaire :
Un étroit anneau d'or à son col ajusté
        Eût arrêté net au passage
Le plus petit poisson, si de quelque coulage
        Il eût eu la velléité.

Mais une fois revenu chez son maître
Et délivré de cet engin maudit,
De sa chasse il pouvait se *gaver,* comme on dit,
Tant que son estomac voulait bien le permettre.
Un matin que tranquillement
Il faisait son petit ouvrage,
Survint tout à coup un orage.
L'oiseau pêcheur fut par le vent

Entraîné fort loin du rivage;
Aux flancs d'un énorme récif
Où des tribus de Cormorans, ses frères,
Avaient leurs nids héréditaires,
Il vint tomber plus mort que vif.

Ces bons oiseaux, suivant leur renommée
D'être les Écossais de la race emplumée,
 Pour le sauver survinrent à propos.

On le réconforta du mieux qu'il fut possible ;
 Après une heure de repos
 Il circulait, frais et dispos,
 Sur le sommet du roc inaccessible.
 Tout le monde était réuni.

L'imagination fort peu développée
De ces rudes pêcheurs fut vivement frappée
Par l'anneàu d'or dont il était muni ;
C'était sans doute un personnage
De quelque îlot du voisinage !
Les Notables s'en vinrent tous

A la file lui rendre hommage :
— « Seigneur », lui dirent-ils, « demeurez parmi nous,

« Vous serez notre chef! — Il sera mon époux »,
    Disait tout bas plus d'une Cormorane!
Il aurait accepté tout cela sans chicane,
N'eût été son carcan; mais dès le lendemain
    Le malheureux fût mort de faim.
    Il se garda cependant de le dire :
— « Mes bons amis », fit-il avec un faux sourire,
       « Je suis on ne peut plus touché
    « Des sentiments qu'ici je vous inspire;
      « Mais par ma naissance attaché
      « Aux grandeurs d'un autre rivage,
    « Je dois quitter votre rocher sauvage;
« Que Dieu vous garde! » Il dit et, sondant l'horizon,
Le plus vite qu'il put regagna sa maison.

    Nous avons tous un collier de misère
Plus ou moins apparent, suivant le caractère;
    Les naïfs se plaignent bien haut;
    Mais les malins ne soufflent mot,
    Estimant que dans cette vie
Où les méchants instincts sont toujours de moitié,
    Il vaut encor mieux faire envie
      Que pitié.

XLII

JACQUOT ET MINETTE

Rien n'est gentil comme un Corbeau
Apprivoisé; ce brave oiseau
De la maison devient l'ami fidèle.
Circulant librement du jardin à la cour
Ou sur les arbres d'alentour,

Il accourt tout joyeux à la voix qui l'appelle ;

Il est cocasse et sérieux ;

Sous un aspect patibulaire

Qui lui vaut le mépris du stupide vulgaire,

Il a l'esprit facétieux ;

C'est Arlequin sous l'habit d'un notaire.

Connaissant l'heure des repas

Aussi bien que la cuisinière,

Il prend ce qu'on lui donne et ne demande pas.

Le voici, suivant pas à pas

La jeune fille qu'il préfère ;

Il se perche d'un air galant

Sur son épaule, et doucement mordille

Les cheveux blonds que sa résille

Laisse échapper sur son cou blanc.

J'eus l'honneur d'être assez intime
Avec un de ces animaux;
Il me concédait son estime,
Sachant que j'ai souvent dit du bien des Corbeaux.
Ensemble nous faisions de petites parties :
Je prenais une bêche, et, dans le potager,

Au profit de Jacquot nous allions fourrager
Les planches, de vers blancs largement assorties;
C'est ainsi que j'obtins toutes ses sympathies.
Mais ce qui n'était pas amusant à demi,
C'était d'observer mon ami

Dans ses rapports avec la Chatte;
On s'y pouvait désopiler la rate.
Pour l'agacer il n'est sorte de tours
　　Qu'il n'imaginât tous les jours :
　　Dormait-elle dans la cuisine?
　　Près d'elle il arrivait d'un saut

　　Et la réveillait en sursaut
　　Avec des cris de Mélusine;
　　Se promenait-elle à pas lents
　　Avec les regards indolents
　　Et les souplesses élastiques
　　Des races aristocratiques?

Mon Corbeau, rusé comme un Grec,
Sans bruit s'approchait par derrière,
Et de la noble douairière
Piquait la queue avec son bec
    D'un coup sec.

Que si la Chatte courroucée
Pour lui donner une poussée
S'élançait, l'insolent, riant d'un air narquois,
  En moins de temps qu'il n'en faut pour l'écrire,
Se sauvait au sommet des toits.
C'était à se tordre de rire!

Il en est des Corbeaux comme du genre humain :
  Aucun n'est sûr du lendemain.

Jacquot, se promenant certain soir à la brune,
   Fut rencontré par un chasseur
Qui, sans plume ni poil et de méchante humeur,
Rentrait en maudissant sa mauvaise fortune;

Pareil à ce soldat ignorant et brutal
      Qui frappa jadis Archimède,
Il ajusta d'un geste machinal
      Le pauvre oiseau qu'il tua raide.

A partir de ce jour, Minette tristement
Traîna son existence; on la voyait sans cesse
    Errer dans son isolement
    Et miauler avec tristesse;
Elle pleurait Jacquot, et, bientôt après lui,
    Elle mourut de regret et d'ennui.

    Certains époux passent leur existence
    A se chamailler nuit et jour;
Mais que l'un d'eux s'en aille au funèbre séjour,
    L'autre ne peut supporter son absence.

XLIII

LA GUÉRIS   SUBITE

Le véritable amour se plaît aux sacrifices
    Et n'en exige aucunement;
    On reconnaît facilement
    Une coquette à ses caprices.

Un Gentilhomme était épris
D'une jeune et charmante Dame
Qui répondait à sa constante flamme
Tantôt par des faveurs, tantôt par des mépris.
Sur un regard ou sur une parole
De cette ondoyante beauté
Notre amoureux montait au Capitole;
Puis d'un souffle de son idole

Il en était précipité.

On abuse aisément d'un succès trop facile.

La Dame dans un parc se promenait un jour
    Avec ce serviteur docile.
  On arriva près d'une vieille tour;

Sur ses flancs, dont le temps avait noirci les pierres,
    Les clématites, les lierres
    Enlaçaient leurs festons légers;
    Les ravenelles délicates
    Avaient installé leurs pénates
Dans les mâchicoulis par la mousse rongés.

— « Oh ! voyez donc cette fleur rose »,

Dit la Dame en montrant du doigt

Une fleurette fraîche éclose

En haut d'un vieux mur presque droit ;

« Si quelqu'un avait le courage

« D'aller me la chercher, il aurait sans partage

« Un cœur vaincu par ce trait éclatant. »

Sans hésiter un seul instant,

L'amoureux posa sa rapière

Et, s'accrochant de pierre en pierre,

Grimpa comme un vrai chat, risquant cinquante fois

De se rompre le cou; mais il sut, toutefois,
Sans chute et sans grave écorchure,
Venir à bout de l'aventure.
Il offrit alors froidement
La fleur à sa maîtresse et lui dit : « Maintenant,
« Ce que vous avez fait est une chose infâme !
« Je ne vous aime plus, Madame ! »

Il fit certes fort bien, je dois le déclarer ;
Mais je ne voudrais pas jurer
Qu'avant la fin de la semaine
Il ne soit pas allé redemander sa chaîne.

XLIV

L'ARAIGNÉE VAINCUE

Dans l'âtre d'une cheminée
Un Grillon avait rencontré
Une jeune et belle Araignée ;
Soudain son cœur fut vers elle attiré.
Par des regards brûlants il lui peignit sa flamme ;

Mais la coquette en prit peu de souci;
Les moucherons tombant à sa merci
    Touchaient plus vivement son âme
    Que les soupirs de celui-ci.
    Un matin, étant en vedette,
Notre Grillon vit pendre au bout d'un fil

    La belle qui dans sa chambrette
    Glissait un coup d'œil en cachette :
    — « Entrez, Madame », lui dit-il,
    « Pour vous il n'est aucun péril,
  « Et votre honneur, croyez-en ma promesse,
    « Peut se fier à ma délicatesse.
« Ah! qu'il me soit permis de peindre à vos genoux
« L'amour respectueux que je ressens pour vous! »

— « Zut ! » répondit la demoiselle ;

Et remontant légèrement

Dans sa demeure de dentelle,

Elle lui rit au nez fort impertinemment.

L'amoureux se le tint pour dit ; mais nullement

Il n'abandonna la partie :

— « Ah ! tu ne veux pas m'écouter

« Quand je parle, amour de ma vie !

« Eh bien », dit-il, « tu m'entendras chanter ! »

Et du soir au matin, armé de sa guitare,

Il roucoulait des vers d'Horace et de Pindare

Sous le balcon de sa beauté.

— « Finirez-vous bientôt ? » lui cria-t-elle.

— « Jamais », répondit-il, « jusqu'au jour souhaité

« Où vous ne serez plus cruelle. »

— « Épousons-le, car il faut en finir »,
    Dit la maligne créature ;
    « C'est la méthode la plus sûre
    « Pour qu'il me laisse enfin dormir. »

Mesdames, avec vous à tout on peut s'attendre.
    Hier on était rebuté,
    Mais demain on pourra s'entendre,
Et telle résistait à l'amour le plus tendre
    Qui cède à l'importunité.

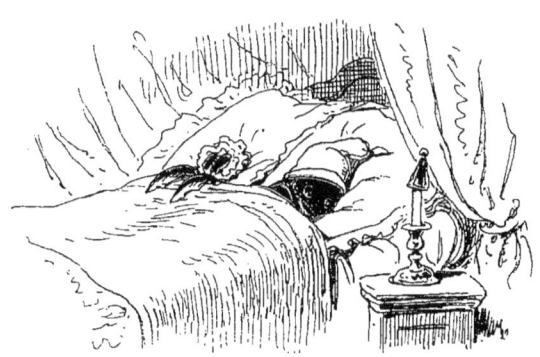

XLV

LES PHILOSOPHES DE VILLAGE

« Alors tu crois en Dieu ? — Mais oui ! — Ma foi, moi pas !
 « Croire au bon Dieu, vois-tu, mon gas,
« C'est bon pour les enfants et pour les vieilles femmes !
« On nous dit qu'il existe ; et la preuve ? Au surplus,
« L'as-tu vu ? — Ma foi, non ! — Eh bien, ni moi non plus !

« Faut rayer ça de leurs programmes!

« Moi, d'abord, mon vieux, je ne crois

« Les choses que si je les vois. »

C'est ainsi qu'en fumant leur pipe

Causaient Simonot (Pierre) et Changenay (Philippe),

Revenant de la foire et, d'un cœur satisfait,

Ramenant au logis deux beaux cochons de lait.

Pendant quelque temps en silence

On marcha; Simonot cherchait, sans le trouver,

Quelque argument de consistance

Touchant ce qu'il voulait prouver,

Lorsqu'une montre, au milieu de la route,

Perdue en cet endroit sans doute

Par quelque ivrogne, attira son regard.

Comme nos paysans se trouvaient, par hasard,
Être honnêtes tous deux, ils convinrent d'en faire
      Le dépôt chez monsieur le Maire;
    Mais Simonot dans cet événement
      Avait trouvé son argument :

      — « Je voudrais que quelqu'un me dise
« D'où vient ceci. — Pardi, de chez un horloger!
    « — Eh bien, mon vieux, veux-tu gager
« Que ça ne s'est pas fait tout seul? — Quelle bêtise!
    « — Oui-da? Pour lors regarde voir
    « Le jour, la nuit, le matin et le soir
      « Suivant le soleil et la lune,
    « L'été, l'hiver, l'automne, le printemps,
      « Tout ça qui vient juste en son temps
      « Sans retard et sans faute aucune;
      « C'est au moins aussi compliqué
      « Qu'une montre ou bien qu'une horloge,
      « Et ça n'est jamais détraqué;
« Ça ne trompe jamais celui qui l'interroge.
« Et l'homme, avec son sang, ses poumons, son cerveau,
« Son estomac, s'aidant d'un secours réciproque,
« Si bien que la machine entière se disloque
      « Sitôt qu'il y manque un morceau!

« Or tu voudrais, quand tout est si bien à sa place,
« Si bien prévu d'avance et si bien ajusté,
    « Qu'un tel arrangement se fasse
    « Sans l'acte d'une volonté!
« Le hasard ne fait rien de complet, c'est notoire!
        « Pourquoi que Dieu, tout simplement,
« N'aurait pas tout créé? Vois-tu, sincèrement,
    « Je trouve ça bien plus facile à croire. »

Je ne sais s'il toucha son interlocuteur,
Mais pour moi la formule est nettement posée :
        Dans toute chose organisée
        Il faut un organisateur.

A ma petite nièce Gabrielle.

XLVI

LA JEUNE LOUTRE

Un pêcheur avait pris une Loutre en bas âge.
Ne sachant trop qu'en faire, il alla la porter
  Chez un bourgeois du voisinage
  Qui consentit à l'acheter.
L'enfant de la maison, une douce fillette,

Se prit d'amour pour la petite bête
Et la nourrit avec du lait;
Sans paraître beaucoup regretter sa rivière,
La captive se laissa faire
Et s'apprivoisa tout à fait.

De crainte d'éveiller son appétit sauvage
Et sur les conseils d'un savant
Qui venait dîner fort souvent,

On avait donné l'ordre aux gens de l'entourage
De ne jamais laisser en aucune façon
Le petit animal goûter à du poisson.

Cet ordre fut suivi, contre toute espérance,
Et la bête grandit dans sa sainte ignorance.
Comme un toutou dans la maison,
Elle suivait sa petite maîtresse;
En la voyant pleine de gentillesse,
On l'admit bien vite au salon.

C'était plus amusant que toutes les poupées
Qui dans un coin gisaient inoccupées.
Le chat, le chien, les serviteurs,
Bien loin de lui porter envie,

Se disputaient tour à tour ses faveurs;
Ainsi passait paisiblement sa vie.

Sur la place, où des jeux se trouvaient établis
    (C'était alors la fête patronale),
La fillette, en tournant la roue horizontale
D'une belle boutique *à l'instar de Paris,*
    Gagna, dans son bocal de verre,

Un petit poisson rouge, et rouge comme lui
De plaisir, accourut le montrer à sa mère.
Mais la joie, en ce monde, est proche de l'ennui.

29

La Loutre, un instant seule, introduisit sa patte
　　Dans l'ouverture du bocal,
　　D'une manière délicate
　　Pêcha le petit animal,

Le croqua, se cacha, sortit, la nuit venue,
Et, traversant les champs, se dirigea tout droit
　　Vers des étangs proches de cet endroit;
　　Depuis on ne l'a pas revue.

Il faut le reconnaître en toute humilité :
　　Les animaux, en mainte circonstance,
　　Sont supérieurs par essence
　　A notre noble humanité.

Le Ciel nous a donné des qualités exquises,
La raison, la science et cent autres bienfaits;
Eux, suivant leurs instincts, ne se trompent jamais;
  Nous, tous les jours nous faisons des sottises!

XLVII

LA CHAISE PERCÉE

Madame, je vous en conjure,
Ne vous effrayez pas! Ce titre un peu suspect
Sonne mal au premier aspect;
Mais vous pouvez sans danger, je l'assure,
Continuer votre lecture.

Dans un superbe appartement
Rempli de choses artistiques
Un Chat vivait tout doucement;
Il circulait adroitement
A travers les objets antiques
Sans rien casser; mais seulement
Il se passait parfois la fantaisie
D'aiguiser ses griffes d'acier
Sur quelque vieux meuble princier

Ou sur quelque tapis d'Asie;
Or chaque fois que l'on prenait
Sur le fait le petit Minet,
Il recevait une leçon fort rude;
Mais, tant est forte l'habitude,
Chaque jour il recommençait.

Un beau matin, sur une chaise
Louis seize
Recouverte en vieil aubusson,
Mon Chat s'était endormi sans façon;

En s'éveillant il s'étira les pattes,
Bâilla, fit le gros dos et, machinalement,

Enfonça très-profondément
Ses ongles dans la laine aux trames délicates.
Il ne faut pas beaucoup tirer
Sur les fils d'une vieille étoffe
On le sait, pour la déchirer :

Crac ! un accroc se fit ; de cette catastrophe,
  Le résultat fut pour monsieur Minet
Un nouvel entretien avec le martinet.

Il fallait cependant réparer le dommage ;
    On avait en affection
    Ce meuble, acquis dans l'héritage
    D'un vieil oncle à succession.
  En essayant d'y faire une reprise,
    On découvrit, non sans surprise,
    Parmi le crin certains papiers ;
    C'étaient des valeurs importantes,
Des effets au porteur et des titres de rentes,
    Un trésor pour les héritiers.

— « Eh bien », dit Minet à son maître,

« Cet argent qui vient d'apparaître,

« Sans moi vous ne l'auriez point eu !

« Et cependant on m'a battu. »

— « Le sage doit juger d'une façon plus haute »,

Lui répondit sévèrement

Son maître en empochant l'argent;

« Un heureux résultat n'excuse point la faute! »

XLVIII

COLOMBINE

Deux bons Tourtereaux, déjà vieux,
Après avoir vécu fort longtemps sans famille,
    Du Ciel obtinrent une fille
    Qu'ils élevèrent de leur mieux.
    Elle s'appelait Colombine.

Lorsqu'on voulut la marier,
Son cœur battait déjà pour un jeune Ramier
Né de parents obscurs dans la forêt voisine.

Aux vœux discrets de ce maigre futur
Le papa Tourtereau ne voulut rien entendre,
Ayant adopté pour son gendre

Un gros Pigeon pattu, d'un âge déjà mûr,

Habitant dans le voisinage
Un colombier de haut parage.
Colombine pleura, se désola d'abord,
Et puis se résigna doucement à son sort.
Ce sort n'était pas tel qu'on ne s'y put soumettre;
Son logis respirait l'aisance et le bien-être,
Chaud en hiver, frais en été;
Rien n'entravait sa volonté,
Et par le bout du bec elle menait son maître.

Comme dans les trois quarts des ménages connus
Où l'on ne voit ni haine ni tendresse,
En paix jusques au bout ils seraient parvenus
Sans un événement qui surprit la faiblesse
D'un cœur encor mal affermi.

Un soir, la voix de son ami
Dans l'ombre s'éleva près de la Tourterelle;
Elle n'hésita pas, repoussa d'un coup d'aile
Honneur, devoir et tout ce qui s'ensuit,
Et tous les deux partirent dans la nuit.
Dans une hutte de feuillage
Ils vécurent au fond des bois.

Le Ramier lui disait parfois :
« De cette existence sauvage
« Peut-être tu te lasseras!

« Peut-être tu regretteras

« Ton beau colombier, ton ménage,

« Et cette vie exempte de souci

« Que je ne puis, hélas! te rendre ici! »

— « Mon ami », lui répondait-elle,

« Ma vie est plus douce et plus belle

« Qu'elle ne l'a jamais été;

« Ta seule présence m'enivre;

« Aimer, c'est la félicité;

« Ne pas aimer, c'est ne pas vivre! »

Pères et mères, écoutez :

Colombine eut grand tort, il faut le reconnaître;

Mais croyez-vous, ô parents entêtés,

Qu'étant coupable elle fût seule à l'être?

Pour vous le mariage est un *stock* liquidé,
        Un marché comme tous les autres ;
        L'Amour est un dieu démodé
        Qui désormais n'a plus d'apôtres ;
        Eh bien, c'est moi qui vous le dis :
Voilà pourquoi l'on voit des unions si sottes ;
Voilà pourquoi vos fils, et pour eux j'en rougis,
        Sont plus souvent pigeons chez les *cocottes*
        Que tourtereaux en leur logis.

XLIX

LE BRACONNIER VINDICATIF

Un fameux braconnier, cueilli par les gendarmes,
Fut amené par eux au chef-lieu de canton
      Et mis sous clef dans la prison,
Ce qui, pour lui, manquait absolument de charmes.
On l'avait entendu pendant tout le trajet

Menacer le propriétaire
Des étangs et de la forêt
Où s'emplissait sa carnassière,
Déclarant qu'il le lui paierait.

C'était un grand seigneur, maire de sa commune,

Possesseur généreux d'une grande fortune,
Mais trouvant un peu dur d'élever des faisans
Pour le plaisir des paysans.
Ces derniers, prenant le langage
De certain catéchisme écrit à leur usage,

Disaient : « Le monde est assez grand ;

« Il faut que tout chacun y vive ;

« Le gibier est à qui le prend,

« Et la terre à qui la cultive ;

« Les bourgeois sont des exploiteurs ! »

Mais malheureusement, lorsque ces amateurs

Pour l'action quittaient la théorie,

Ils étaient chicanés par la gendarmerie.

Témoin le susdit braconnier.

Lorsqu'il se sentit prisonnier,

Il accrocha, sans plus attendre,

Sa cravate à l'un des barreaux,

Et se mit bravement en devoir de se pendre.

Le gardien l'aperçut, à travers les carreaux,
La face violette et près de l'asphyxie;
On décrocha mon homme, il revint à la vie;
    On lui fit boire un coup, et tout fut dit.
« Pourquoi, diable! avoir fait cela? » dit au bandit
        Un gendarme fort débonnaire;

        « Vous sentez donc votre cas bien mauvais? »
— « Mauvais?» répondit l'autre, « oh! non! je le faisais
        « Pour *embêter* monsieur le Maire. »

O vengeance, plaisir d'un furieux attrait
        Dont la bête humaine s'enivre!
        Combien de gens, sans nul regret,
        Se font subir, pour te poursuivre,
    Bien plus de mal qu'on ne leur en a fait!

A M. Alfred Danis.

L

LE VOLCAN

Du Vésuve ils montaient la pente;
Dès le matin, à la fraîcheur,
Un petit bateau de pêcheur
Les avait, par le golfe, amenés de Sorrente.
Sur son bras Elle s'appuyait

Contre Lui doucement serrée ;
Lui, beau garçon, grand et bien fait,
D'un pied prudent la soutenait
Dans sa marche mal assurée.

Une forêt de blonds cheveux
Encadrait le charmant visage
De la Dame, et souvent, avec des cris joyeux,
Elle se retournait pour voir le paysage
Qui se déroulait à leurs yeux.

A demi nu sous son bonnet de laine,
Un gamin du pays qui, flairant quelque aubaine,
S'était institué leur guide et leur ami,

Sifflotait d'un air endormi
Une chanson napolitaine.
Nos touristes montaient tout droit
A travers d'anciennes coulées
Dont les laves amoncelées
Se dressaient raides comme un toit.
Mais déjà l'air plus vif sèche leur front humide :
Courage! Un pas encor! Ils touchent au sommet,

Et devant ce tableau splendide
En gambadant leur petit guide
Fait en l'air voler son bonnet.
L'étroit plateau qui s'offrait à leur vue
Semblait peint à plaisir des plus vives couleurs;
Rugueuse, boursouflée, éraillée et fendue,
Sa surface semblait une mer suspendue
Pétrifiée en ses fureurs;
Au centre s'élevait un cône, le cratère,

D'où s'échappait, lancé tout droit vers le ciel bleu,
Un flot tumultueux de fumée et de feu
Avec un bruit pareil à celui du tonnerre;

Une âcre odeur de soufre imprégnait l'atmosphère,
Et du sol s'échappaient de longs jets de vapeur;
Par instants le Volcan, redoublant de fureur,
Crachait avec fracas, par sa gueule béante,
   Un jet de lave incandescente;
Cette lave éclatait et tombait alentour
Comme eût fait le bouquet d'un grand feu d'artifice.
   Nos voyageurs en prenant un détour
Parvinrent, par la brèche, au bord de l'orifice.

   La jeune Dame avait très-peur;
 Son compagnon par de douces paroles
La rassurait; guettant les lentes paraboles

De la scorie en feu, le petit conducteur
    Courait et d'une main hardie
Incrustait dans sa croûte à l'instant refroidie
Un sou, qu'il rapportait avec un air vainqueur.
Ils restèrent longtemps auprès de la fournaise
Dans un état mêlé de plaisir et d'effroi,
    Elle évoquant avec émoi
De quelque écroulement l'effrayante hypothèse,
Lui cherchant de ces feux l'impénétrable loi.
Cependant il fallut songer à redescendre;
    Alors ce ne fut plus qu'un jeu;

On se lançait à grands pas dans la cendre,
    Non sans se culbuter un peu;
Madame laissait voir des jambes fort jolies;
    Monsieur faisait mille folies;

On fut au bas en un instant.
Le soleil se couchait dans un ciel éclatant;
　　Sous une brume transparente
　　Naples, dorée et souriante,
　　Baignait ses pieds de marbre blanc
Dans l'azur cru de son golfe indolent.
Les étrangers chevauchaient en silence,

Admirant la nature en sa magnificence.
　　La nuit tombait. Je ne sais trop comment
L'âme du cavalier tourna subitement
　　A la mélancolie :

« Voilà, dit-Il, l'image de la vie !

« Nous montons à tout petits pas

« Vers un faîte rêvé, la fortune, la gloire,

« Vers l'idéal, oasis illusoire

« A laquelle on n'arrive pas !

« Beaucoup sont restés en arrière ;

« Si, plus heureux, nous touchons aux sommets

« Qu'inondent l'air et la lumière,

« N'espérons pas y reposer jamais ;

« Le temps, en nous poussant de l'aile,

« Du doigt nous montre l'heure implacable et cruelle ;

« A grands pas nous redescendons

« La pente lentement gravie... — Enfant, dit-Elle,

« Qu'importe tout cela, puisque nous nous aimons ! »

LI

LE DOMINO

L'Opéra de monsieur Garnier
Était éclatant de lumière;
Des masques affolés — c'était en février —
Se démenaient comme auraient pu le faire
Des diables dans un bénitier.

Dans les couloirs un peu plus sombres
Les dominos glissaient comme des ombres,
Offrant, au prix d'un déjeuner,
L'aventure, toujours la même,
Qui commence par : Je vous aime!
Et qui finit par : Va te promener!

Un mari, de ceux-là que, sans être sévère,
On peut appeler des farceurs,
Papillonnait parmi les fleurs
De cette moderne Cythère;

Tout à coup sous son bras se glissa doucement

 Une main finement gantée ;

 Une petite voix flûtée

L'apostropha malicieusement :

« Bonsoir, je vous connais ! — Tant pis pour toi ! — Peut-être !

« — Ai-je, de mon côté, l'honneur de te connaître ?

 « — Je ne crois pas... Vous auriez pu me voir

« Au bal de l'Élysée, où j'étais l'autre soir ;

 « Oui... vous étiez en compagnie

« De votre femme... Eh, eh! vous êtes marié!...

« — Un peu. Mais toi, d'un maître as-tu la tyrannie?

« — Je suis veuve! — Parfait! Je l'aurais parié! »

Entamé sur ce ton, l'entretien prit des ailes;

 Le Domino causait avec esprit;

  On parla des pièces nouvelles,

Des Chambres, du Sultan et de ces Demoiselles,

De ce dont *tout Paris* s'occupe, jase et rit.

« — Eh bien, puisque ce soir le hasard nous rassemble »,

Dit enfin le Monsieur, « allons souper ensemble!

« — Imprudent! » dit la Dame avec un ton moqueur,

 « Mais je suis laide et vieille à faire peur,

 Tandis que votre femme est fort bien, ce me semble! »

«—Oui, pas mal, j'en conviens; mais, madame, entre nous,
« Cela ne suffit pas! Ma femme est excellente,
  « Dévouée, attentive, aimante;
« Mais que n'a-t-elle, hélas! de l'esprit comme vous!
« Que n'a-t-elle des pieds, des mains comme les vôtres!
  « Tout ce qui me plaît chez les autres

« Lui fait défaut : elle a des cheveux noirs,
  « Et moi je n'aime que les blondes!
« Que n'a-t-elle à son front ces boucles vagabondes
  « Qui se déroulent tous les soirs
« Sur votre cou charmant... car vous êtes jolie,
« J'en suis sûr! — Écoutez, je vous ai prévenu,
« Vous seriez tristement surpris... — C'est convenu!
  « Allons souper! — Quelle folie!... »

On était installé, quelques moments plus tard,

Dans le petit salon jonquille

D'un restaurant du boulevard;

L'inconnue ôta sa mantille,

Ses cheveux blonds et son loup de satin :

« — Ma femme! » s'écria l'époux pris au grappin

Et qui, flairant un mélodrame,

Resta la bouche ouverte, en complet désarroi.

« — Ah! mon ami », lui dit très-doucement Madame,

« Que vous seriez épris de moi

« Si je n'étais pas votre femme ! »

Pour un procédé si courtois

Plein d'admiration et de reconnaissance,

Le mari de sa femme implora la clémence

Et se rangea... pendant un mois.

A mon cousin Huguenet, de Bayeux.

LII

LES SAVANTS DE GEROLSTEIN

Tout était allumé chez Monsieur le Recteur
    Pour un dîner de circonstance;
    On allait fêter la présence
    De Monsieur le Grand Inspecteur
    De Gerolstein; Son Excellence

Était de ce gala le plat de résistance.

  Tout ce que la Principauté

Contenait de savants se trouvait invité;

Je doute que jamais on ait vu réunies

  Dans la même localité

  Une pareille quantité

  D'étranges physionomies.

  La science a ses ironies.

Tous étaient là, dans le salon d'honneur;
Seul, Monsieur le Grand Inspecteur
N'était point arrivé; pour prendre patience
On causa politique. Étant tous largement
Rétribués par le Gouvernement,
Ils étaient à peu près de la même nuance;
Mais quand on vint à parler de science,
La chose n'alla pas aussi facilement.
On effleura d'abord les thèses surannées
Des générations plus ou moins spontanées;

L'homme préhistorique eut naturellement
Son tour; on compulsa les confuses données

Que, depuis de longues années,
La science en son livre inscrit patiemment;
Les crânes *brachycéphaliques*
Tinrent tête, non sans vigueur,
Aux crânes *kumbécéphaliques;*
On s'étendit avec un peu d'aigreur
Sur les temps *paléolithiques.*
L'*Elephas primogenius*
En même temps que l'homme était-il sur la terre?
Celui-ci vivait-il dans le même hémisphère
Que le *Mammouth* et l'*Ursus spelæus?*
Mais ce qui fit surgir un véritable orage,

Ce fut la question du Cochon primitif.
— Pardon du mot, Madame; en son langage
La science se sert du terme positif. —

Un jeune professeur, âpre à la polémique
Et tranchant sur tout cas paléontologique,
Railla les vieux savants, débris du temps jadis,
    Qui du *Sus scrofa palustris*
    Firent un Cochon domestique.
    — « Et moi je soutiens *mordicus* »,

Répondit aigrement un docte personnage,
« Qu'à moins d'être ignorant comme on l'est à votre âge,
    « On reconnaît au *Sus scrofa ferus*
    « Le type du Cochon sauvage. »

On commençait à faire grand tapage,
Lorsque la voix d'un serviteur
Annonça Monsieur l'Inspecteur

En même temps que le potage.

Le repas fut froid tout d'abord;
On s'adoucit pourtant au vin d'Espagne;

Au bourgogne on était d'accord,
Et l'on s'embrassait au champagne.

Estomac creux est mauvais conseiller
Et rend l'esprit acariâtre;
On entend les ânes se battre
Quand ils n'ont pas de foin au râtelier.

LIII

LA PIEUVRE

Dans le Morbihan, sa patrie,
Une Pieuvre exerçait sa petite industrie;
Dans un trou de rocher elle abritait son corps,
Tandis que ses bras blancs, étalés au dehors,
Se détachaient sur les parois couvertes

34

De goëmon et d'algues vertes.
Quand passaient de jeunes Homards

— Ces élégants des mers — en toilettes brillantes,
Elle les attirait par d'humides regards
        Ou par des poses languissantes;
        Et quand l'un d'eux imprudemment
        Se risquait à s'approcher d'elle,
        C'en était fait de lui : la belle,

L'enveloppant étroitement

De ses tentacules puissantes,

L'entraînait dans son antre, et de ses chairs vivantes

Se repaissait férocement.

Une sorte de puits recevait les victimes.

Le Ciel enfin se lassa de ces crimes.

Certain petit Tourteau, né Français et malin,

Par instinct plus que par sagesse

Se détournait de son chemin,

Évitant de passer près de cette diablesse.

La Pieuvre remarqua ce manége prudent :

« Voilà », dit-elle, « un petit insolent

« Qui se rit de moi! Patience!

« Il y viendra, j'en fais serment! »

Mais il n'y venait point. De cette résistance

La belle s'irrita; bientôt piquée au jeu,

On la vit mettre en batterie

Tous les trésors de sa coquetterie;

Sans s'émouvoir l'autre soutint le feu.

Elle perdit alors toute prudence :

« A tout prix je t'aurai! » dit-elle. Elle s'élance;

L'autre fuit, lui faisant un geste familier

Aux gamins de Paris, et, courant sur le sable,

Va sous un roc, asile impénétrable,

En bon ordre se replier.

La Pieuvre le chercha, l'attendit; de ses plaintes
Elle fit retentir l'humide profondeur,

Pour la première fois ressentant les épreintes
  D'un feu nouveau qui lui brûlait le cœur;
    Et folle enfin de ce délire
Que Jupiter envoie à ceux qu'il veut détruire,

Elle chercha la mort. Un pêcheur matinal
Relevant ses lignes flottantes,

Au milieu des poissons aux écailles brillantes
Trouva pendu le hideux animal.

— Ce récit, cher lecteur, a, sous sa transparence,
    Un sens que ton intelligence
    Aura facilement saisi;
    Il est inutile, je pense,
    De mettre les points sur les *i*.

LIV

PASSONS AU DÉLUGE

Quand le père Noé sentit
Son gros navire arrêté dans sa marche,
Sur la plate-forme de l'Arche,
Le bon Patriarche sortit.
Il fut très-fort déçu, car une brume intense

Empêchait de rien voir à deux pas de distance.

Noé réfléchit un instant :

« Bon ! » se dit-il. « J'ai mon affaire ! »

Il se rendit dans le compartiment

Où les oiseaux étaient, paire par paire,

Dans des cages d'osier gardés séparément :

« Viens çà, maître Corbeau », dit-il ; « je te confie

   « Une importante mission

   « Que ta finesse justifie :

« Va voir avec précaution
« Où nous sommes céans; ouvre bien tes prunelles!
« Allons, va vite! Il se fait tard;
« Débrouille-toi dans ce brouillard
« Et rapporte-moi des nouvelles. »

L'oiseau noir prend son vol et, battant lourdement
Le nuage épais de ses ailes,

Descend des hauteurs solennelles
Où l'Arche se repose en son isolement;

Il retrouve en bas la lumière
Qui d'un monde effacé lugubrement éclaire
L'épouvantable effondrement.
Les cadavres jonchent la plaine
Transformée en vaste tombeau;
Non, de mémoire de Corbeau
On n'avait vu pareille aubaine!
Il en prit à bec que veux-tu
(Dans l'Arche on faisait maigre chère),
Et, quand sonna l'heure réglementaire,
Le drôle n'eut pas la vertu
De remonter dans sa volière;

Il resta, digérant son horrible festin,
Prêt à recommencer le lendemain matin.

Le bon Noé, pendant cette bombance,
Attendait son retour avec impatience;
Il soupçonna la vérité :
« J'eus tort », dit-il, « de mettre en liberté
« Cet oiseau sournois et rapace !

« Que faire? » En ce moment passait en souriant
Sa fille, la plus jeune, aimable et douce enfant;
Sur son bras blanc, d'un geste plein de grâce,
Elle portait ses oiseaux favoris,

Deux Colombes ; Noé des mains de la fillette
En prit une : « Voilà », dit-il, « mon estafette! »
Et l'oiseau blanc plongea dans le nuage gris.
Quelques heures après, on le vit reparaître
Portant dans son bec rose un rameau d'olivier ;
    Doucement l'oiseau familier
    Vint se poser sur l'épaule du maître.

Alors l'épais brouillard s'éleva lentement,
Laissant voir le soleil éclatant de lumière,

Et l'Arc-en-ciel parut, apportant à la terre
L'espérance et l'apaisement.

Pour les Corbeaux tout est matière;
Leur seul but est de satisfaire
En ce monde leurs appétits.
Pour les Colombes, au contraire,
Les êtres sont de purs esprits.
Auxquels donner la préférence?
En vérité je ne sais pas!
Les unes vont trop haut et les autres trop bas;
Il est bon de garder, je pense,
Entre les deux une honnête distance.

LV

LE VIEUX POT

Dans une auberge de village,
Un pot servait modestement
Aux nécessités du ménage;
On y mettait le plus souvent
La part de soupe destinée

Au berger, assis humblement
Dans le coin de la cheminée.

Ce pot semblait pareil à beaucoup d'autres pots;
C'était de la bonne faïence;
Seulement on voyait s'étaler sur sa panse
Quelques fleurs, œillets ou pavots.

Un jour, chose extraordinaire,
Un peintre s'arrêta dans ce pays perdu;

En voyant le vieux pot, sans respect confondu
    Avec la vaisselle vulgaire,
    Il obtint qu'il lui fût vendu;

36

Pour un morceau de pain on le lui laissa prendre;
En ce temps-là, le goût des objets curieux
Était peu répandu; dans ce pays heureux
    Les gens encore en étaient à comprendre
      Qu'un pot neuf valût moins qu'un vieux.

      Rapporté dans la capitale,
Celui dont nous parlons décora l'atelier
Du peintre; mais un jour, comme il fallait payer
    De son loyer l'échéance fatale,

L'artiste revendit son tesson précieux
    A certain juif industrieux.

Or ce tesson, sauvé des mains de Maritorne,
   N'était rien moins qu'un *Rouen à la corne,*
Un rare échantillon que les grands amateurs
     A des prix fous se disputèrent.
Ajoutons, pour ne pas fatiguer nos lecteurs,
   Que d'acheteurs en acheteurs,

Ses voyages enfin au Louvre s'arrêtèrent;
Là chacun peut le voir, avec honneur classé
    Parmi les trésors du passé.

Ainsi parfois, ignorant de lui-même,
Un génie inconnu végète improductif;
Le hasard résout le problème
Et délivre l'oiseau captif.
Alors, quittant la terre et déployant ses ailes,
Il s'élance du fond de son obscurité
Et gagne, libre et fier, les régions nouvelles
Où rayonnent la gloire et l'immortalité.

LVI

LA GERBOISE ET LE KANGUROU

Pour les beaux yeux d'une Gerboise
Un jeune Kangurou brûlait;
Sa famille le querellait :
— « Ah çà, tu reviens de Pontoise! »
Lui disait-on; « elle est trop petite pour toi!

« C'est une idée absurde et ridicule

    « Que de vouloir donner ta foi

    « A cette épouse minuscule,

    « Lorsque tu pourrais à loisir

    « Choisir parmi nos demoiselles

    « Les plus riches et les plus belles

    « Qui se feraient un vrai plaisir

    « De se prêter à ton désir;

    « Tes enfants tiendront de leur mère

    « Et seront de vrais avortons! »

En vain chacun sur tous les tons
Lui cria : *Casse-cou!* La sagesse a beau faire,

Quand l'amour parle, il faut se taire;
C'est le plus absolu des Dieux.

D'avoir un si bel amoureux
La petite était bien flattée;
Mais elle était aussi quelque peu tourmentée :
— « Mon ami, vous m'aimez; en votre cœur j'ai foi »,
Lui disait-elle; « mais ensuite

« Ne rougirez-vous pas de moi,
« Vous si grand et moi si petite ? »
Lui de la rassurer par de tendres discours.
Enfin, au bout de peu de jours
Il épousa, malgré vents et marée,
Son adorée.

Doux temps des premières amours,
Pourquoi ne pas durer toujours ?

En ce moment-là tout est rose;
Les jeunes époux sont au ciel
Roulés dans le sucre et le miel;
Il ne leur faut pas autre chose.

L'amoureux Kangurou, brûlant pour les appas
　　De sa mignonnette Gerboise,
　　L'emmenait cueillir la framboise

Et, sur ses pieds mignons réglant son grand compas,
La suivait à tout petits pas;

Or chacun sait combien est agaçante
La prolongation d'une allure trop lente.

Un jour l'époux, sans s'en apercevoir,
Pressa le pas, et l'épouse fidèle
Suivit comme elle put, en traînant la semelle ;

Mais bientôt il fallut s'asseoir.
Puis on repartit en silence ;
Chacun maugréait en dedans ;
L'un commençait à perdre patience,
L'autre, hélas ! était sur les dents.

Le Kangurou dans la clairière
Finit par se donner carrière,
Poussant des pointes en avant;

Puis il revenait au-devant
De sa compagne attardée en arrière;
Il allait plus loin chaque fois,
Heureux de gambader et de courir la poste,

Si bien qu'en revenant au poste
Il ne retrouva plus l'épouse de son choix.
    Il appela; mais à sa voix
L'écho seul répondit dans la forêt profonde;
    Il battit le bois jusqu'au soir
    A plus d'une lieue à la ronde;
    Rien n'égalait son désespoir!

    C'est en vain qu'il l'aurait cherchée :
La pauvrette égarée errait en gémissant;

    Un Chat-tigre par là passant
    N'en avait fait qu'une bouchée.

—Ma grand'mère chantait, quand nous étions petits,
    Ce vieux refrain de son jeune âge :
    Il faut des époux assortis
    Dans les liens du mariage.

LVII

LES SOURIS ET LE BOURGEOIS

Certain bourgeois dans sa maison
Avait des souris à foison;
Or nous savons comment pullule
Ce dévorant animalcule;
Tout y passait, de la cave au grenier;

Dans le fruitier les pommes et les poires,
Le linge blanc dans les armoires,
Hier un habit neuf, ce matin un soulier,

Demain du lard dans le cellier;
Le jour comme la nuit et d'étage en étage
C'était un terrible pillage.

Notre bourgeois exaspéré
Résolut de purger son fonds de cette race;

Il fit venir des gens, et, tout bien préparé,
    Dans les greniers on commença la chasse.
Tout d'abord, en touchant les chevrons vermoulus,
    On s'aperçut qu'habilement creusée

        Par une bande organisée
        De ces misérables intrus,
        La charpente ne tenait plus;

38

Il fallut sans délai jeter bas la toiture;
Aussitôt par mainte fissure
Sous les planchers la horde disparut.

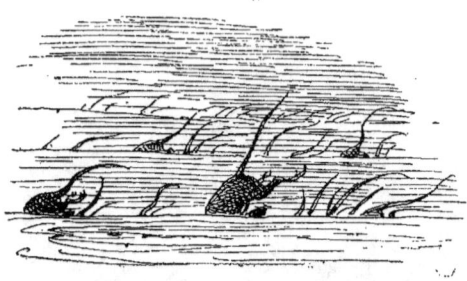

On leva les planchers; mais entre chaque pierre
Dans les murs lézardés toute la fourmilière
De nouveau trouva son salut.

On abattit les murs; cette fois, dans les caves
Où s'était entassé tout l'immonde bétail,

On allait pouvoir sans entraves
Le massacrer ! — Mais, par un soupirail,
Ils prirent tous la poudre d'escampette.

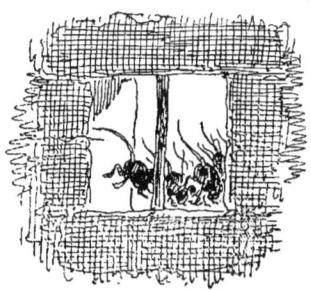

Le bourgeois était fort penaud,
Voyant sa vengeance en défaut

Et son immeuble en omelette.
— « Que n'avez-vous », lui dit quelqu'un,

« Pris des chats à votre service?

« Ils eussent bien fait la police;

« En quelques jours et sans dommage aucun

« Votre maison dilapidée

« De ces pillards aurait été vidée. »

— « Des chats! mais oui! certainement! »

Dit l'autre avec chagrin, « mais, malheureusement,

« Je n'en ai jamais eu l'idée! »

— Le monde est plein de gens embéguinés
  Qui feraient sonner les trompettes
  Pour qu'on retrouve leurs lunettes
  Alors qu'ils les ont sur le nez.

LVIII

LA LEÇON DE PATIENCE

Un de ces hommes dédaignés
Que l'on voit enseigner pendant leur vie entière
L'arithmétique et la grammaire
Aux petits citoyens plus ou moins mal peignés,

En un mot un maître d'école
Prit un jour ainsi la parole :

« Mes enfants, je vais aujourd'hui
« Vous parler des vertus morales
« Qui sont les bases principales
« De nos rapports avec autrui.
« Voyons d'abord la Patience :
« La Patience est une qualité... »
Mais sentant tout à coup une brise assez forte
Qui caressait son front par l'âge dévasté :
— « Fermez », dit-il, « s'il vous plaît, cette porte.

« ... Est une qualité qui fait que l'on supporte
« Sans murmurer les ennuis d'ici-bas...

« Eh bien ! ne m'entendez-vous pas ?
« Fermez la porte ! — On trouve dans l'histoire

« Plus d'un exemple singulier
« De cette vertu méritoire ;

« Ainsi de Job sur son fumier
« Vous avez gardé la mémoire...

« … Les drôles ont juré ma mort !
« Ce patriarche… Mais que diable !

« Fermez donc ! c'est insupportable !
« Ce patriarche… c'est trop fort !
« Çà, voyons, race de vipères,
« Fermerez-vous la porte, enfin, mille tonnerres ! »

D'un grand coup sur sa table il fit trembler les bancs.
Mais comprenant soudain son imprudence :

3g

« Mes chers enfants », dit-il, « voilà sans contredit
« Ce qu'en pareille circonstance

« Un autre que moi vous eût dit
« S'il eût manqué de patience. »

Réformateurs du genre humain,
Vous dépensez votre éloquence en vain
Si vous ne prêchez pas d'exemple;
Tant vaut le Saint, tant vaut le temple.

A M. Léon Regnault.

LIX

LE BATELIER

Il était une fois un pauvre batelier
 Sur un petit lac d'Italie;
 A ce misérable métier
 Il gagnait rudement sa vie
Et regardait souvent d'un œil d'envie

Les riches voyageurs venus de l'étranger
Qui s'asseyaient gaiement dans son bateau léger.
Un soir qu'en déplorant sa mauvaise fortune
Il s'était endormi d'un sommeil agité,
Une femme, glissant dans un rayon de lune,
Apparut et lui dit : « Je suis la Vérité.

« Tu te crois malheureux; eh bien, par ma bonté,
  « Demain tu pourras lire au fond de la pensée
    « De tous les gens que tu rencontreras;
      « Par toi-même tu jugeras. »

L'autre, une fois la nuit passée,
N'y pensa plus; prenant ses rames sous son bras,
Il retourna sur le rivage.
Un passager survint, très-riche personnage,
A pleines mains dépensant ses trésors;

Notre homme vit, avec surprise,
Son cœur rongé par le remords
D'une fortune mal acquise.
Un second le suivait, et sa femme avec lui,
Une mauvaise créature
Qui lui rendait l'existence fort dure.

Le troisième, un Anglais, se consumait d'ennui
Et cherchait un endroit propice
Pour terminer ses jours dans quelque précipice.

Un autre vint; couvert de galons et de croix,
C'était un brave militaire;
Mais il déblatérait contre toute la terre,
S'estimant lésé dans ses droits
Parce qu'un ancien camarade
Naguère était monté d'un grade
Lorsqu'on aurait de lui pu faire choix.

Après, ce fut le tour d'une dame fort belle;
Son mari, sa famille et de nombreux valets
L'entouraient, attentifs à ses moindres souhaits;
    Mais elle était d'une pâleur mortelle,

Et l'on disait tout bas en passant auprès d'elle :
    « Elle s'en va pour ne plus revenir ! »
    Le batelier enfin vit accourir

    Deux jouvenceaux avec leur pédagogue.
    Pour celui-ci, c'était un déclassé;

On devinait à son air rogue
  Qu'il se trouvait fort mal placé
  Dans le social catalogue.
Mais les enfants? Eh bien, les enfants se disaient :
  « Nos vacances sont terminées;
« Voici venir l'École et ses longues journées! »
  Et mécontents ils soupiraient.
  « Ainsi », se dit le pauvre diable,
  « Personne ici-bas n'est heureux! »

En ce moment il vit de loin deux amoureux
  Accourir gaiement sur le sable
  Pour prendre place en son bateau;

Alors il se souvint qu'au plus prochain hameau
  Se trouvait une belle fille
 Qui rougissait quand on parlait de lui :
 « Allons », dit-il, « je comprends aujourd'hui
« Que le bonheur n'est pas toujours dans ce qui brille ;
« L'amour seul embellit jusqu'à la pauvreté ;
  « Grand merci, dame Vérité. »

LX

HALLUCINATION

On était au quinze décembre.
La nuit hâtive, à quatre heures du soir,
Couvrait déjà Paris d'un sombre voile noir ;
Le gaz, en s'allumant, jetait des reflets d'ambre
Au plafond d'un vaste atelier
Où certain peintre avait son industrie ;

C'était un homme du métier
Et dont chacun connaît le nom dans son quartier;
Mais, de peur de blesser sa grande modestie,
Je ne veux pas le publier.

Son modèle parti, sur un divan d'Afrique
Il suivait, étendu, des rêves estompés,
Lorsque ses yeux furent frappés
Par un spectacle fantastique.
Les figures de son tableau,
Bacchanale de haute allure,
Dansaient autour de lui, aux reflets du fourneau,
Dans la pénombre claire-obscure.
L'artiste regardait, muet d'étonnement;

Mais ce qui le surprit encor plus fortement,
  Ce fut leur tournure bizarre;
Tous étaient plus ou moins contrefaits et perclus;

 Deux satyres boitaient; une chèvre fort rare
 Sautillait sur trois pieds, et des amours joufflus
   Laissaient couler dans une cruche

Le son dont étaient pleins leurs ventres en baudruche.
Le peintre, à cet aspect, se dressa furieux;

Il saisit sa palette et, dans cette mêlée,
La lança de pleine volée.....

Tout disparut. — Il se frotta les yeux
Et se trouva debout et solitaire
Près du poêle éteint; il prit une lumière;

Au beau milieu du tableau frais encor
La palette s'était collée

Sur la croupe bien modelée
D'une bacchante aux cheveux d'or.
Tout le reste n'était qu'un rêve.

— Nous voyons tous les ans, lorsque l'hiver s'achève,

    Les artistes petits et grands

    Porter au salon de peinture

    Leurs œuvres de toute nature

    Que l'on aligne sur deux rangs;

Si des cadres d'or de diverses tailles

Qui sont accrochés le long des murailles

On allait soudain voir se détacher

Et dans les salons se mettre à marcher

      Chaque bonhomme,

Et si l'on montrait ça pour un écu,

On y gagnerait, j'en suis convaincu,

    Une forte somme.

A M. Gustave Nadaud.

LXI

LE MUSICIEN TOQUÉ

Dans une ville de Bavière
Habitait autrefois un pauvre musicien;
Le brave homme vivait de rien;
Il cachait avec soin sa discrète misère,
Donnant aux petits des bourgeois

Quelques leçons, à des prix bien honnêtes,
Et touchant, Dimanches et Fêtes,
Le vieil orgue à tuyaux de bois.

Un jour il devint fou. Pourquoi? Personne encore
N'a découvert le fil qui, se cassant soudain,
Fait un cerveau fêlé du cerveau le plus sain;

41

C'est le secret de la boîte à Pandore,
Et le plus grand docteur peut se dire à part soi

Qu'il n'en sait, sur ce point, pas plus que vous et moi.
Quoi qu'il en soit, comme le pauvre diable
Était sans parents, sans amis,
Un vieux médecin charitable
Eut soin qu'à l'hôpital d'urgence il fût admis.

Il demeura, dans sa folie,
Ce qu'il était avant, inoffensif et doux;
    Seulement, comme bien des fous,
    Il se crut homme de génie :
« Ah ! » disait-il, « pourquoi n'ai-je pas apporté
    « Ici mon papier de musique!
    « Je laisserais à la postérité
    « Des chefs-d'œuvre d'art harmonique! »

On satisfit à son désir.

Alors, sans trêve ni loisir,
Il noircit son papier de notes entassées,
D'accords enchevètrés, de fugues hérissées,

Tant et si bien qu'au bout de l'écheveau
Il mourut un beau jour d'un transport au cerveau.
Lui mort, tous ses cahiers, épaves du délire,
Tombèrent par hasard aux mains du successeur
        Qui déjà s'était fait inscrire
        Comme organiste et comme professeur.

Il n'est si petit trou, dans nos ruches humaines,
        Qui ne soit bien vite bouché.

De divagations ces feuilles étaient pleines.

Cependant en lisant certain fragment, pêché
    Dans cent pages extravagantes,
Cet homme fut frappé des lueurs surprenantes
Qui brillaient tout à coup dans cette obscurité ;
En cherchant, il trouva des choses admirables,
Des morceaux étonnants d'originalité
Perdus dans un chaos d'accords inextricables,
    De bizarres renversements,
De cuivres déchaînés, hurlants et dissonants

    A faire sauver tous les diables.
Il lui vint une idée : « Essayons », se dit-il,

« De publier cette musique étrange;

« Le bourgeois aime ce qui change;

« Il s'agit seulement de lui tendre le fil. »

Ce fut un coup de maître, et l'effet fut immense;

Le succès dépassa cent fois son espérance;

Dans un incroyable transport

On vit se soulever la Germanie entière;

Moins on avait compris, et plus on criait fort.

Le Maestro, devenu populaire,
Vit de florins ses poches se remplir;
Il appela, pour frapper le vulgaire,
    L'œuvre du vieux fou, son compère,
    LA MUSIQUE DE L'AVENIR!

LXII

LES MELONS

ET

LE CONCOMBRE EN BAS AGE

Deux jeunes Melons, au soleil,
Mûrissaient doucement sous leur cloche de verre;
On aurait cru qu'unis par un destin pareil,
Ils s'aimeraient; mais point! leur méchant caractère
Ne respirait que haine et que colère.

L'un était un gros Cantalous
Faisant craquer son écorce trop pleine,
Ventripotent comme Silène
Et raboteux comme une porte à clous.

L'autre, au contraire, avait reçu de la nature
Une merveilleuse parure,
Et sur son élégant profil

42

Couraient de légères dentelles
Telles
Qu'en tisserait avec un léger fil
Une brodeuse de Bruxelles.

— « Moi », disait l'un, « je suis Melon de qualité.
« Sur un plat de vermeil je serai présenté

« Aux lèvres aristocratiques

« Qui me dégusteront dans ma maturité;

« Toi, tu n'es bon que pour les domestiques! »

— « Eh! eh! Qui sait? » ripostait le voisin;

« Le Roi n'est pas encore ton cousin!

   « A juger sur les apparences,

   « Tout autant que toi j'ai des chances

« D'être en haut lieu digéré noblement.

« Quand le jardinier doctement,

« Pour te juger, posera sa narine

« Juste à l'endroit où ton dos se termine,

« Qui sait s'il ne te faudra pas

« Piteusement céder le pas

« A ce petit Melon brodé que tu méprises?

« Jusqu'à ce jour riche en surprises,
« Rien de ta soi-disant supériorité
    « N'établit la réalité,
« Vilain bossu ! » Pensif au-dessus de leur tête,

Un petit Cornichon, qui n'était pas trop bête,
Les écoutait : « Mon Dieu ! » leur dit-il doucement,

« Pourquoi cette grande colère?

« A voir les choses froidement,

«Puisqu'on doit vous manger, qu'importe, en cette affaire,

« De l'être par Madame, ou par sa chambrière?

« N'aboutirez-vous pas, invariablement,

« A la même fin l'un et l'autre? »

— Le destin des melons doit-il être le nôtre?
     Tout finit-il avec la mort?
   Bons ou méchants ont-ils le même sort?
     Ce vieux filou riche et prospère
Du repos éternel dormira-t-il demain
Près du héros obscur qui, portant sa misère
Sans faiblir, a toujours suivi le droit chemin?
     Admettez-vous une injustice telle,
Et ne pensez-vous pas que l'âme est immortelle?

LXIII

L'ÉLÉPHANT GRIS

Le cirque des Frères Goninge
Avait pour attrait principal
Un Éléphant dressé ; ce pesant animal
Avait de l'esprit comme un singe ;
Il savait se mettre à genoux,

Se lever noblement sur ses pieds de derrière,
Sonner sur la trompette une marche guerrière,
 Faire la quête et ramasser des sous;

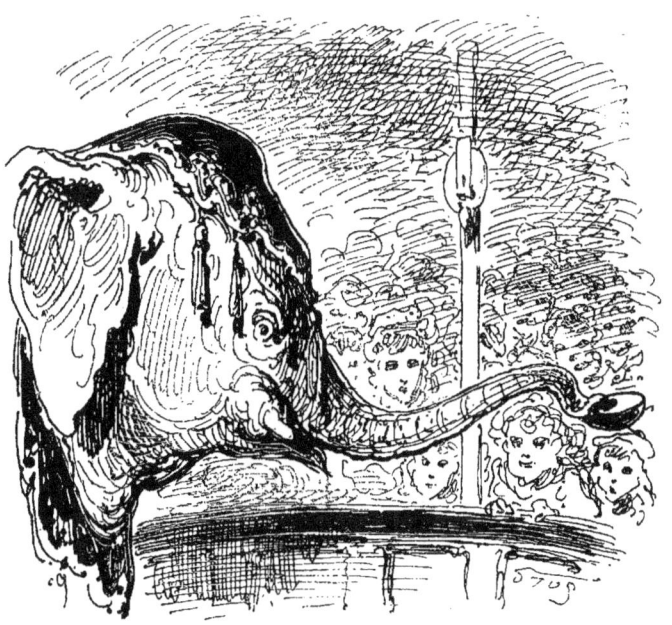

De la troupe il était le profit et la gloire.

Un jour qu'il avait soif et n'avait rien à boire,
 Il découvrit un litre de cognac
 Soigneusement caché par son Cornac;

43

Mon animal, ravi de cette aubaine,
Prit la bouteille et l'avala d'un trait;

Mais au moment d'entrer en scène,
Il avait, comme on dit quelquefois, *son plumet.*

Ce que fut la séance, on ne saurait le dire :
Débraillé, titubant, il faisait au rebours
Ses exercices et ses tours;

Le public se tordait de rire.
Enfin tout s'expliqua : le seigneur Éléphant

Reçut le fouet comme un petit enfant.
Il ne dit rien, étant peu bavard par nature,
Mais réfléchit beaucoup sur sa mésaventure :

« Oui », pensa-t-il, « c'est entendu!
« Quand on boit trop, on est battu! »

A quelque temps de là, l'Hercule, fort bel homme,
Rentra gris comme... un âne après son déjeuner :

« C'est bon », dit l'Éléphant, « toi, tu vas étrenner ! »
[Il n'en fut rien; l'autre alla faire un somme,

Et tout fut dit. Ce dénoûment
Surprit considérablement

Le pachyderme (il était sans défense) :

« Voici », dit-il, « ce que je pense :

« Les Hommes étant tous corrompus et méchants,

« On ne les punit pas quand ils font des sottises,

« Rien ne pouvant changer leurs instincts malfaisants;

« Mais nous, les Animaux, qui, suivant nos penchants,

« Ne faisons, on le sait, que des choses permises,

« On nous surveille sans merci;

« La moindre peccadille amène des tempêtes;

« Les GENS reconnaissent ainsi

« Qu'ils sont bien au-dessous des BÊTES. »

PARIS. — TYPOGRAPHIE DE E. PLON ET Cⁱᵉ, 8, RUE GARANCIÈRE.

www.ingramcontent.com/pod-product-compliance
Lightning Source LLC
Chambersburg PA
CBHW070331030726
47505CB00004B/1163